L'expérience Méta-morph'Ose

Laetitia BODA
Pour le Berceau de Pan

L'expérience Méta-morph'Ose

L'expérience Méta-morph'Ose

Copyright ©BODA Laetitia
Tous droits réservés
ISBN : 9798859802449

L'expérience Méta-morph'Ose

Dédicaces à
Toutes les âmes qui ont retrouvé la foi et leur chemin de vie à nos cotés.
Aux Partenaires merveilleux qui encadrent cette métamorph'Ose.
A toute ma famille pour leur soutien sans faille.

L'expérience Méta-morph'Ose

CHAPITRE 1
Accepter de débuter modestement

Dans notre société qui favorise la compétition, la comparaison et la projection d'une image, il devient de plus en plus courant de sacrifier notre authenticité au profit de la possession.

Cette course effrénée, devenue encore plus flagrante à l'ère des médias sociaux, nous éloigne de notre essence. L'expression "céder aux tentations" illustre parfaitement cette dynamique, car il est séduisant de recourir à des stratagèmes et des artifices pour obtenir une illusion de réussite, une réussite superficielle, telle une collection de trophées dénués de sens.

Indubitablement, il est préférable d'amorcer notre parcours modestement, d'accepter le rôle d'apprenant, car c'est en consentant à être un apprenti que nous pourrons devenir maîtres un jour. L'ordre naturel des choses, immuable, incarne l'équilibre et la justesse. S'y conformer et le respecter témoigne de la sagesse essentielle à notre avancement.

Chaque trajectoire est singulière, propre à chacun. Mieux vaut consacrer notre énergie à la construire solidement, pas à pas, plutôt que de précipiter maladroitement les choses, laissant derrière nous des vides béants.

Rappelons-nous que le temps est notre maître, un enseignant qui nous fait grandir. Toutefois, pour en tirer parti, il faut l'accueillir plutôt que le fuir.

L'expérience Méta-morph'Ose

Décider d'entamer notre chemin humblement reflète l'humilité indispensable pour grandir. Vouloir brûler les étapes revient à passer à côté du présent et de ses leçons, à s'égarer jusqu'à s'oublier, à désirer la maîtrise sans avoir porté les habits de l'apprentissage.

Il est bénéfique de s'interroger, dans une attitude bienveillante et empreinte d'amour, car nos actions ne visent jamais à nuire, mais à apaiser nos blessures. Se poser des questions telles que :

- Pourquoi opter pour ce raccourci plutôt que de faire preuve de patience et d'humilité ?
- Quelles vulnérabilités cherche-je à dissimuler en m'enfermant dans un monde d'illusions et d'apparences ?
- Quelles sont les incitations de mon ego à travers mon comportement ?

En effet, nous ne pouvons guérir ce que nous refusons de regarder, et cette première étape vers la conscience d'un comportement préjudiciable pour nous-mêmes et les autres marque le commencement primordial de la guérison.

En vérité, la guérison naît de l'acceptation. Alors, être authentique ou paraître ?

Indubitablement, la vie peut être perçue comme une quête perpétuelle, une quête sans fin. Chaque expérience imprègne un fragment de notre être, mais jamais la totalité, jamais jusqu'à l'achèvement ultime que nous recherchons : la plénitude.

L'expérience Méta-morph'Ose

Ainsi, nous projetons, tentons, apprenons, évoluons, sans interruption, sans relâche, et parfois même sans apercevoir nettement La fin, Le dessein.

Cependant, le dessein diffère pour chacun d'entre nous, mais il demeure indubitablement présent.

Je suis fermement convaincu que chaque objectif peut être accompli et l'est déjà, chaque souhait réalisé, chaque coupe remplie. Même si le parcours peut par moments sembler ardu et étendu, nul n'est destiné à dévier de sa vie, de ses aspirations. Il est vrai que l'on peut par moments perdre courage, remettre en question le jeu de l'Existence ; nous aspirons à une réalité où tout serait plus aisé, à portée de main. Nous désirons que nos rêves prennent forme plus promptement, toutefois dans cette perspective, nous laissons de côté un aspect crucial : les expériences du présent constituent les fondations de notre futur et font déjà partie de l'Univers dans son ensemble. Il est donc judicieux de savourer et d'exprimer notre gratitude envers les leçons que nous recevons chaque jour, qu'elles soient classées comme "négatives" ou "positives" – elles nous aident à ériger notre parcours, telle une série de briques sur notre chemin. Car avancer sur une voie implique, préalablement, la construction de son propre sol.

À titre d'exemple, si mon désir le plus profond est de vivre une relation de couple épanouissante, empreinte de bonheur et d'enrichissement, il serait peut-être nécessaire de traverser auparavant une relation tumultueuse, source d'inconfort. Celle-ci

L'expérience Méta-morph'Ose

me permettrait d'affiner mes perceptions, d'approfondir mes ressentis, de me définir afin de déterminer mes désirs et mes limites.

Cette relation difficile constituera une brique sur mon chemin (que j'ai appelée de mes vœux), m'offrant la possibilité de faire des choix plus éclairés, d'opérer des changements plus significatifs. En effet, brique après brique, j'acquiers une meilleure compréhension de qui JE SUIS.

Cet itinéraire (qui peut ne pas être avisé) n'est pas incontournable, car nous ne sommes pas contraints de vivre le revers d'une situation pour nous définir, mais dans certaines circonstances, cela peut s'avérer instructif. L'essentiel est de considérer nos expériences comme des tremplins plutôt que des fardeaux.

De cette manière, il devient plus évident que chaque pas que nous accomplissons nous rapproche de notre objectif. C'est notre manière de traiter nos expériences qui détermine la durée requise pour atteindre nos buts ; si nous choisissons de les considérer comme des charges, elles nous ralentiront, tandis que si nous optons pour les utiliser comme des guides, afin d'éviter de répéter les mêmes erreurs et de construire progressivement notre existence, nous progresserons avec davantage de rapidité. Nous sommes tous capables d'accomplir ce travail d'alchimie, sans exception. Un alchimiste est celui qui maîtrise l'art de la transformation, et convertir nos expériences en enseignements fait partie intégrante de cette aptitude.

L'expérience Méta-morph'Ose

Comme l'a brillamment exprimé le grand Nelson Mandela : "Je ne perds jamais. Soit je gagne, soit j'apprends." Ainsi, il n'y a pas lieu de s'inquiéter : l'objectif est à portée de main pour chacun, et bien que la quête puisse sembler sans fin, elle se transforme avec le temps, souvent à notre insu.

Prenons l'exemple précédent. Après avoir finalement trouvé une relation épanouissante et riche, il est possible qu'émerge le désir d'avoir un enfant. Ce désir découle naturellement de notre souhait initial (la relation), au point où nous pourrions le considérer comme LE but, l'ultime accomplissement.

Cependant, il se peut que nous négligions les souhaits antérieurs qui ont progressivement cédé la place les uns aux autres. Un désir en remplace un autre, puis un autre... et ainsi de suite.

Ensuite, peut-être qu'après avoir accueilli notre enfant, l'aspiration à posséder une maison se manifestera, devenant à son tour Le but.

Dans cette optique, vivons pleinement notre existence, et gardons à l'esprit que les expériences d'aujourd'hui étaient nos désirs d'hier, qui seront à leur tour supplantés par ceux de demain.

Ne passons pas à côté de notre vie en nous fixant uniquement sur un unique point ; apprécions l'instant présent, car la vie englobe la TOTALITÉ.

Chaque objectif sera atteint et l'est d'ores et déjà, en réalité.

L'évolution de l'âme suit trois étapes distinctes :

L'expérience Méta-morph'Ose

Dans un premier temps, Je suis, mais je n'ai pas conscience de mon être. C'est une forme de paradis. La majorité des enfants font cette expérience jusqu'à "l'âge de raison".
Ensuite survient la séparation d'avec le Tout et l'expérimentation de la vie à travers un ego individuel. Cela peut être assimilé à une période difficile.
Enfin, c'est le retour à la Source, une forme de paradis retrouvé. Je suis conscient d'être ce que je suis, l'Être Impersonnel vivant une expérience personnelle humaine. L'innocence de l'enfant se conjugue à la connaissance.
C'est ainsi que débute la sagesse.

Comment maîtriser son pouvoir créatif ?
Mais alors, comment procéder, comment maîtriser ce pouvoir créatif ? À mon avis, il suffit de le souhaiter. Ou plutôt, de prendre conscience des potentialités infinies qui s'offrent à nous. De réaliser que les portes, les obstacles et les enchevêtrements que nous rencontrons sont également le fruit de notre propre création. En effet, il est cohérent que si nous avons la capacité de générer des éléments positifs dans notre existence, nous puissions tout aussi bien engendrer des éléments négatifs...
Tout est en constante création : que ce soit l'univers, une relation amoureuse, la naissance d'un enfant, une entreprise, une association, une

L'expérience Méta-morph'Ose

œuvre artistique, cuisiner un repas, capturer une photo, cueillir des fleurs, vivre tout simplement... Tout est création. Tout équivaut à faire des choix : avancer à gauche ou à droite, progresser ou reculer. Et la signification profonde de la vie se révèle lorsque nous ouvrons les yeux et activons notre pouvoir pour donner naissance à toutes ces choses, qu'elles soient considérables ou modestes. Cependant, là aussi, il y a souvent confusion. Il n'existe pas de hiérarchie dans la grandeur de la création. Chacun dispose de son propre curseur, de ses propres compétences et de ses expériences propres.
Notre pouvoir créatif est incommensurable à tous égards : dans le temps, dans la multiplicité des créations, dans la "dimension" de ces créations... Toutes les possibilités sont envisageables. ABSOLUMENT toutes !

OUTILS :
Apprendre à voir les signes

Absolument, chaque étape de notre parcours est jalonnée de signes. Des orientations et des messages nous attendent à chaque tournant, et lorsque nous sommes éveillés, ces indications se transforment en de magnifiques lumières qui éclairent notre route. Cependant, lorsque nous sommes plongés dans l'inconscience, il arrive bien souvent que nous passions à côté de ces précieux présents sans même les remarquer.

L'expérience Méta-morph'Ose

Observez donc la profusion de messages tout autour de vous. Si nous sommes aptes à voir et à discerner, la vie devient un extraordinaire terrain de jeu.

Cela ne signifie pas qu'il faut tout rechercher partout, à tout moment, au détriment de l'essentiel : vivre pleinement !

L'objectif est plutôt d'infuser de la légèreté dans notre existence, d'essayer d'apercevoir les lumières qui éclairent notre chemin, de s'amuser et d'illuminer nos expériences.

Il est important de réaliser que notre vie est parsemée de signes. Même lorsque nous ne sommes pas conscients de leur présence, nous ne sommes jamais seuls.

EXERCICE :
Dresser une liste de signe(s) et/ou de synchronicités

OUTILS :
Trouver ses réponses

Lorsque vous aspirez à une compréhension plus profonde d'une expérience, prenez simplement du papier et un stylo, et inscrivez-y tous les éléments qui lui sont liés.

Comment cette expérience a-t-elle débuté ? Quelles en ont été les étapes ? Est-ce que d'autres personnes l'ont vécue avec vous ? Laissez libre cours à toutes les pensées qui traversent votre esprit.

L'expérience Méta-morph'Ose

Vous découvrirez que le simple fait d'écrire (de décrire) cette expérience vous transporte du rôle de protagoniste à celui d'observateur de la scène !
Ce changement de perspective apporte une compréhension accrue et des réponses. Il vous permet d'observer l'expérience au lieu de la juger. En quelque sorte, votre Véritable Moi prend le pas sur votre ego et vous offre une vision nouvelle, limpide et évidente.
En outre, il est fréquent que, sans même le réaliser, vous canalisiez à travers vos mots les orientations et les réponses du monde invisible.

EXERCICE :
Commencer votre journal des expériences (journal intime de cette formation)

OUTILS :
Bâtir sa foi

La foi se compare aisément à une pyramide que l'on édifie. En entamant le processus, il peut sembler que le chemin soit long ; nous devons initialement élaborer la base, le socle. Plusieurs grandes pierres doivent être posées, et c'est cette phase qui requiert le plus de temps. Une fois cette fondation achevée, nous progressons vers le premier étage ; il y a légèrement moins de briques à positionner (pensez à la forme pyramidale), toutefois la tâche demeure substantielle.

L'expérience Méta-morph'Ose

Puis, nous parvenons au second étage, avec une quantité légèrement moindre de briques à agencer par rapport au premier... et ainsi de suite, jusqu'à atteindre le sommet. Le sommet, quant à lui, est couronné par une unique pierre, laquelle scelle notre foi !

Il est important de saisir que chaque brique que nous posons occupe sa place de manière définitive et ne peut être déplacée. Une fois qu'une pierre est posée, elle demeure en place éternellement.

Ainsi, chaque petit pas que vous entreprenez, chaque message que vous saisissez et qui se matérialise, chaque signe que vous saisissez, chaque intuition qui se réalise, s'ajoute comme une brique à votre pyramide.

Par conséquent, n'ayez pas de doutes à votre égard. Vous êtes le maître d'œuvre de votre propre pyramide, et celle-ci avance à son propre rythme.

EXERCICE : Imaginez votre pyramide :
Comment est-elle ? A quel niveau la voyez-vous ?
Est-elle à son début, sa moitié, sa fin ?
Ayez confiance en votre vision, c'est une indication du travail que vous avez fait et qu'il vous reste à faire.

Accepter le changement

Il arrive parfois que nous ressentions une déconnexion avec notre travail, notre partenaire, notre cercle social ou nos activités. Comme si quelque chose ne tournait plus rond, cette situation

L'expérience Méta-morph'Ose

peut rapidement susciter de l'agacement et des inquiétudes. Pourtant, même si cette période peut être difficile, elle renferme une grande positivité. Elle révèle que nous commençons à écouter notre voix intérieure, à être authentiques et à oser quitter le carcan familier pour l'observer de loin et prendre du recul.

Dans le passé, nous pouvions fermer les yeux sur ces sentiments, mais aujourd'hui, il est difficile d'ignorer notre voie intérieure. Cela provoque un bouleversement intérieur qui se répercute inévitablement à l'extérieur. Tout cela est significatif, car pour déterminer ce que nous désirons vraiment, il peut être nécessaire de faire face à ce que nous ne voulons plus.
Lorsque nous avons clairement identifié les aspects, les situations ou les personnes qui ne sont plus en harmonie avec notre essence, nous sommes prêts à initier les changements nécessaires.
En ces moments d'observation qui conduisent au changement, nous pouvons ressentir un certain désordre intérieur, mais plus nous nous libérerons du passé et des fardeaux, plus notre avancée sera fluide sur le chemin de vie.

Acceptons donc cette période avec joie, car elle marque les prémices de notre renaissance. Si vous avez le sentiment de traverser cette phase, félicitez-vous, car vous vous dirigez vers une porte qui mène à l'épanouissement de votre Vrai Moi.

L'expérience Méta-morph'Ose

Pour que cette période soit moins pénible, il est essentiel d'accueillir ces moments sans résistance, car finalement, ils œuvrent pour notre bien supérieur.

Avancer à son rythme
Souvent, nous avons l'impression de progresser plus lentement que les autres qui nous entourent. Nous pouvons penser que les autres osent davantage, ont une plus grande confiance en eux, réussissent mieux et occupent plus d'espace que nous. Si vous avez l'impression que les autres avancent plus rapidement que vous, acceptez-vous tel que vous êtes. Appréciez ce temps précieux que vous vous accordez, tournez votre regard vers l'intérieur plutôt que vers l'extérieur, et souvenez-vous d'où vous venez. Vous constaterez ainsi le chemin que vous avez parcouru.

Les personnes qui semblent avancer rapidement et occuper leur place ressentent elles aussi des moments de doute et de questionnement. Tout ce que vous entreprenez pour vous-même aujourd'hui devient une compétence que vous acquérez. Ces expériences vous fourniront des clés que vous pourrez à votre tour offrir aux autres.
Faites preuve de patience et de confiance en vous. Vous n'êtes ni plus lent, ni moins compétent, ni moins quoi que ce soit. Vous êtes simplement un être sensible, le cœur ouvert.

L'expérience Méta-morph'Ose

Exercice : Cultiver la Patience et la Confiance dans son Propre Cheminement

Prendre le temps de se reconnecter à soi-même et de cultiver la patience et la confiance dans son propre cheminement peut être bénéfique pour surmonter les périodes de doute et d'auto-comparaison. Voici un exercice pour vous aider dans ce processus :

Moment de Réflexion : Trouvez un endroit calme où vous pouvez être seul avec vos pensées. Prenez quelques minutes pour vous détendre et vous centrer en pratiquant quelques respirations profondes.

Journal Intérieur : Prenez un carnet ou ouvrez un document numérique où vous pourrez écrire. Commencez par noter vos ressentis actuels concernant votre propre rythme d'évolution. Honnêtement, décrivez vos émotions, vos peurs et vos doutes.

Visualisation Positive : Fermez les yeux et imaginez-vous en train de marcher le long d'un sentier. Ce sentier représente votre propre cheminement personnel. Visualisez-vous marchant à votre propre rythme, en vous sentant à l'aise et en confiance. Observez le paysage qui vous entoure, remarquez comment vous interagissez avec lui. Remarquez également les moments où vous observez les autres chemins qui croisent le vôtre, symbolisant les chemins des autres personnes.

L'expérience Méta-morph'Ose

Acceptation et Gratitude : Ouvrez les yeux et revenez à la réalité. Prenez quelques instants pour exprimer de la gratitude envers vous-même pour tout ce que vous avez accompli jusqu'à présent. Acceptez où vous en êtes dans votre propre cheminement, en sachant que vous êtes exactement là où vous devez être.
Rappel des Réalisations : Prenez un moment pour énumérer vos accomplissements passés, peu importe leur taille. Notez également les leçons que vous avez apprises à travers ces expériences.
Plan d'Action Positif : Identifiez une petite action positive que vous pouvez entreprendre aujourd'hui pour vous rapprocher de vos objectifs. Cela pourrait être quelque chose en rapport avec vos passions, vos talents ou vos aspirations. Rappelez-vous que chaque petit pas compte.
Affirmations Positives : Créez quelques affirmations positives qui vous rappellent votre propre valeur et la confiance que vous pouvez avoir en votre propre rythme d'évolution. Par exemple : "Je suis sur mon propre chemin, avançant à mon rythme unique, et cela est parfait." Répétez ces affirmations régulièrement pour renforcer votre confiance.
Pratique Régulière : Prenez l'habitude de consacrer quelques minutes chaque jour à

L'expérience Méta-morph'Ose

la réflexion, à la visualisation positive et à la répétition d'affirmations. La constance dans cette pratique peut contribuer à renforcer votre patience et votre confiance.
Rappelez-vous que chaque personne a son propre cheminement, et il n'y a pas de comparaison possible avec les autres. En cultivant la patience et la confiance en vous-même, vous pouvez créer un espace intérieur propice à l'épanouissement et à l'acceptation de votre propre évolution.

OUTILS :
Trouver les blocages intérieurs

Lorsque nos chakras tournent à l'unisson (du verbe "unir"), ils travaillent main dans la main, et le résultat est simplement divin:
1 - Le chakra racine détecte une expérience sur notre chemin de vie
2 - Le chakra sacré nous donne l'enthousiasme et voit cette expérience comme un cadeau
3 - Le chakra plexus nous donne la force et la confiance nécessaire pour vivre l'expérience
4 - Le chakra cœur remercie l'Univers d'avoir placé cette expérience sur notre chemin
5 - Le chakra gorge accepte de vivre cette expérience et de s'en imprégner
6 - Le chakra 3ème œil nous donne la clairvoyance nécessaire pour comprendre l'expérience
7 - Le chakra couronne assimile totalement l'expérience et l'intègre à nos énergies

L'expérience Méta-morph'Ose

Ainsi l'expérience est bénie et dépassée, l'évolution est parfaite.
Détection - joie - confiance - gratitude - acceptation - compréhension - assimilation
Lorsque les expériences de nos vies ne se déroulent pas ainsi, c'est qu'il y a une interférence, que le relai ne se fait pas correctement entre les tous les chakras.
Il est bon de voir à quel niveau cela bloque: au niveau de la confiance en soi (chakra plexus), au niveau de la compréhension de l'expérience (chakra 3ème œil)...etc.
Cela sera une indication du chakra a travailler.

OUTILS :
Diffuser sa lumière

Lorsque l'éveil se produit en nous, il est courant de ressentir une forte envie de réveiller les autres à cette nouvelle perspective. Tout semble si clair et évident que nous souhaitons ardemment partager notre vérité avec ceux qui nous entourent.
Cependant, lorsque l'autre ne se montre pas réceptif à notre message, il arrive souvent que nous cherchions à le convaincre en utilisant divers moyens : des exemples, des partages d'expériences et bien d'autres. Dans notre désir de diffuser la lumière qui brille en nous, nous sommes prêts à tout, à tout prix.
Pourtant, il est essentiel de comprendre que dès que nous entrons en lutte pour imposer cette lumière, nous ne l'incarnons plus réellement. La

L'expérience Méta-morph'Ose

lumière ne se manifeste pas par l'imposition, elle se reçoit naturellement, en toute simplicité.

La lumière est intrinsèque à tout, en nous et autour de nous. Elle existe, et il n'est pas nécessaire de la défendre, de chercher à convaincre ou à prouver. Notre mission consiste plutôt à l'incarner à travers nos pensées, nos paroles et nos actes. Ainsi, le moyen le plus efficace de diffuser la lumière est de la laisser briller en nous-mêmes. En devenant notre propre lanterne, nous permettons aux personnes autour de nous de vivre leurs propres expériences, à leur propre rythme.

Ainsi, il est sage de rester à notre propre place, d'accueillir la lumière et de fusionner avec elle. En agissant ainsi, nous rayonnons naturellement de notre propre lumière, sans avoir besoin de l'imposer. Cette lumière suit son propre chemin de diffusion, et ce qui est merveilleux, c'est que les individus qui sont prêts à briller avec nous se joindront spontanément à nous. Ils seront attirés par cette lumière qui résonne avec leur propre état d'être.

C'est ainsi que la lumière se répand : elle se partage à travers ce que nous émettons de notre être, dans le calme, l'immobilité et le silence.

Principes de Base

Les 5 idéaux du Reïki
Juste pour aujourd'hui:
- Ne te mets pas en colère
- Ne te fais pas de souci

L'expérience Méta-morph'Ose

- Sois rempli de gratitude
- Accomplis ton devoir avec diligence
- Sois bienveillant avec les autres, et avec toi-même

Les 4 accords Toltèques
- Que votre parole soit impeccable
- Quoi qu'il arrive, n'en faites pas une affaire personnelle
- Ne faites pas de suppositions
- Faites toujours de votre mieux

L'octuple sentier du bouddhisme
- La parole juste
- L'action juste
- Les moyens d'existence justes
- L'effort juste
- L'attention juste
- La concentration juste
- La compréhension juste
- La pensée juste

Les 9 révélations de la Prophétie des Andes
1. S'éveiller aux coïncidences qui se présentent dans nos vies.
2. Connaître l'histoire profonde du monde et l'évolution de l'être humain.
3. Devenir conscient que toutes les choses vivantes ont des champs d'énergie.
4. Devenir conscient que les gens essaient de voler l'énergie d'autrui, créant des conflits.
5. Réaliser que contrôler autrui n'aide personne.
6. Être conscient que tu as un rêve et une destinée à accomplir.

L'expérience Méta-morph'Ose

7. Être conscient que la plupart de tes pensées et actions sont guidées.
8. Réaliser que quelquefois, la réponse que tu cherches est fournie par les personnes que tu rencontres.
9. Comprendre que l'humanité est en train d'effectuer un voyage vers une vie en parfaite harmonie avec autrui, la nature ce qui fera évoluer notre monde vers un paradis terrestre dans le millénaire à venir.

La méthode Ho'oponopono
- Je suis désolé(e)
- Pardon
- Merci
- Je t'aime

Les 10 secrets de la paix intérieure

1- Que votre esprit soit ouvert à tout et ne s'attache à rien
2- Ne mourez pas sans avoir joué votre musique intérieure
3- Vous ne pouvez pas donner ce que vous ne possédez pas
4- Adoptez le silence
5- Renoncez à votre histoire personnelle
6- Vous ne pouvez pas résoudre un problème avec le même esprit qui l'a créé
7- Il n'y a pas de ressentiments justifiés
8- Traitez-vous comme la personne que vous aimeriez être
9- Chérissez le divin en vous

L'expérience Méta-morph'Ose

10- La sagesse consiste à éviter toute pensée affaiblissante

OUTILS :
Voir l'Unité

Ici, sur terre, il peut sembler difficile de vivre pleinement l'expérience de l'unité.
En effet, nos vies semblent être séparées par des distances physiques. Chaque individu s'occupe de ses propres affaires, les animaux suivent leurs instincts et les éléments naturels restent en place, chacun à sa manière. Parfois, même la nature semble lointaine lorsque nous vivons au cœur des grandes villes.
Il suffit d'ouvrir les yeux pour constater cette apparente séparation. Il peut sembler ainsi ardu de saisir pleinement le concept d'unité dans ce contexte. Mais...
Permettez-vous de prendre de la hauteur, une hauteur considérable. Allons même jusqu'à la lune ! Une fois sur la lune, la première chose qui change est la perspective. Pour apercevoir la terre, nous devons lever la tête. Cette simple inversion du haut et du bas révèle que tout dans la vie dépend du point de vue adopté. Chacun peut percevoir les choses différemment, en noir ou en blanc, en fonction de sa position.
Cependant, le plus étonnant réside dans le fait qu'à cette distance, la Terre et son peuple ne forment plus qu'un ensemble cohérent. Tout apparaît

L'expérience Méta-morph'Ose

comme un bloc compact. C'est à ce moment que nous prenons conscience de l'impact de nos actions, de nos pensées et de nos paroles sur les autres. L'unité se révèle alors, elle devient visible, tangible, évidente.

Si vous vous trouvez à douter que nous sommes tous intrinsèquement unis, permettez-vous de faire ce petit voyage imaginaire vers la lune. Là-haut, cette expérience peut aider à dissiper les doutes et à percevoir, ne serait-ce qu'un instant, l'interconnexion qui relie chacun de nous.

OUTILS :
Voir sa partie Divine

Voici un petit exercice pour se libérer de la sous-estime de soi :

    Choisissez une Photo : Sélectionnez une photo de vous-même que vous appréciez. Elle peut être récente ou plus ancienne, tant qu'elle vous semble positive.

    Prenez le Rôle de l'Observateur : Asseyez-vous confortablement dans un endroit calme. Prenez la photo devant vous. Imaginez-vous maintenant dans le rôle de l'observateur neutre, détaché de tout jugement et de toute expérience passée.

    Prenez de la Hauteur : Visualisez-vous en train de prendre de la hauteur. Imaginez que vous émergez au-dessus des nuages de souvenirs, des expériences passées et

L'expérience Méta-morph'Ose

des doutes. Vous vous élevez au-delà de l'influence du passé et du mental.

Regardez comme un Inconnu : Observez la photo comme si vous regardiez un parfait inconnu. Laissez de côté tout ce que vous savez de vous-même, toutes les croyances négatives ou les préjugés. Vous ne voyez plus qu'une personne inconnue, libre de toute histoire.

Lâcher-prise : Lâchez complètement prise sur toutes les attentes et les jugements. Soyez simplement présent dans l'instant en observant la personne sur la photo sans aucun filtre.

Connectez-vous à votre Essence : Maintenant, prenez conscience de ce que vous ressentez en regardant cette personne inconnue sur la photo. Quelles émotions ou pensées émergent en vous ? Cette personne vous apparaît-elle belle, joyeuse, parfaite ?

Dissipez les Illusions : Prenez conscience que la vision négative que vous avez eue de vous-même était une illusion créée par votre passé et vos expériences. Ressentez la puissance de cette révélation : vous n'êtes pas défini par ces illusions.

Prenez le Contrôle : Réalisez que vous êtes le créateur de votre propre perception. Vous avez le pouvoir de cesser de nourrir l'image négative que vous portez en vous. Prenez

L'expérience Méta-morph'Ose

la décision consciente de ne plus vous alimenter de ces croyances limitantes.

Regard Neuf : Si, à ce stade, vous ne voyez pas encore la beauté et la positivité en observant la photo, ne vous découragez pas. Répétez cet exercice régulièrement jusqu'à ce que vous puissiez vous voir comme un inconnu avec des yeux neufs, libres de toute auto-critique.

En pratiquant cet exercice avec patience et ouverture d'esprit, vous pouvez commencer à réaligner votre perception de vous-même avec votre véritable essence. Vous découvrirez peut-être que vous êtes beaucoup plus beau et joyeux que vous ne l'aviez imaginé, libéré des limitations du passé.

CHAPITRE 2
Amour ou Possession

La société moderne repose fortement sur la notion de possession, nous sommes constamment bombardés par l'idée que posséder équivaut à être heureux, complet ou satisfait. Cependant, cette quête incessante de possessions mène souvent à la frustration, car aucune acquisition matérielle ne peut véritablement combler nos attentes profondes. Cette mentalité engendre un cycle de désir perpétuel, où l'on croit avoir besoin de diverses choses – qu'il s'agisse de personnes, d'argent, de biens matériels ou de gadgets – pour trouver le bonheur.

L'expérience Méta-morph'Ose

Dans cette quête, nous nous agrippons aux objets et aux personnes, luttant pour satisfaire nos désirs, mais cela engendre également des formes d'amour mal placé. Les conséquences parfois dramatiques de cette lutte sont parfois minimisées à travers des termes doux tels que "crime passionnel" ou "amour destructeur". Pourtant, un amour véritable ne cause pas de douleur ni de blessure. Les mots eux-mêmes peuvent être trompeurs et nous égarer dans une confusion intérieure.
Il est grand temps de renverser ces croyances et de réaliser que la possession n'équivaut pas à l'amour. La possession émane d'un sentiment de manque ou de besoin. Tant que nous restons attachés à l'idée que posséder quelque chose ou quelqu'un comblera le vide en nous, nous demeurerons dans une insatisfaction profonde.
Avoir le Cœur Ouvert :
Souvent, nous percevons l'action guidée par le cœur comme une source de vulnérabilité. Lorsque nous ouvrons notre cœur à autrui, nous nous sentons exposés, car cette ouverture ne permet plus de se cacher derrière des masques. Pourtant, ouvrir son cœur ne signifie pas perdre sa propre identité.
Agir constamment en fonction des besoins et des désirs des autres peut nous conduire à nous égarer. Le sentiment que les autres ont besoin de nous peut nous pousser à agir en tant que "sauveurs". Lorsque nos attentes ne sont pas satisfaites en retour, cela peut engendrer de la colère et de la déception. Pourtant, si nous nous

L'expérience Méta-morph'Ose

donnons sans prêter attention à nos propres besoins, nous ne pouvons blâmer ceux qui "prennent". Écouter sa propre voix intérieure implique d'être fidèle à ses ressentis profonds et d'agir avec intégrité, même lorsque les circonstances sont complexes.

Avoir le cœur ouvert ne signifie pas dire "oui" pour plaire aux autres, mais dire "oui" lorsque cela nous réjouit et lorsque cela est réalisable. En demeurant fidèle à soi-même et à son cœur, on crée de l'harmonie intérieure. Avoir le cœur ouvert, c'est agir en accord avec ses convictions plutôt que de chercher à plaire ou à convaincre les autres.

L'authenticité et l'intégrité font grandir notre être jour après jour. Agir en écoutant notre cœur peut ne pas toujours entraîner des résultats extérieurs favorables, mais cela génère un trésor intérieur inestimable. La sagesse réside dans cette écoute intérieure. En ne cherchant plus à impressionner ou à convaincre, mais en demeurant fidèle à notre véritable essence, nous évitons les regrets et nous épanouissons. Le cœur sait que se mentir revient à tromper le monde, tandis que la sincérité du cœur engendre une véritable connexion.

OUTILS :
Accepter les maux de coeur

Ne culpabilisons pas, ne nous jugeons pas, ne nous dévalorisons pas. Il est tout à fait normal de ressentir ces émotions, car elles sont universelles et traversent la vie de chacun. Ce qui peut être

L'expérience Méta-morph'Ose

moins courant, c'est de rester englué dans cette spirale négative, de laisser la peur s'installer de manière permanente. La peur doit être un état temporaire, une passerelle entre l'ancien soi et le nouveau.

Lorsque nous prenons un moment pour lever les yeux et sortir de cette focalisation étroite, nous commençons à apercevoir la lumière. Cette lumière dissipe peu à peu les émotions négatives, le cœur entame son processus de guérison, remplaçant les pièces manquantes par de la résilience et de la force intérieure.

Ainsi, nous nous fortifions et gagnons en indépendance. La colère finit par s'apaiser, la tristesse trouve une issue, et la peur s'endort, car l'histoire de notre vie continue de s'écrire jour après jour. Elle ne se fixe jamais dans un instant précis, elle est en perpétuelle évolution.

Acceptons donc qu'épreuves et turbulences nous déstabilisent de temps à autre, qu'elles puissent nous peiner et susciter le doute. C'est une partie naturelle du voyage humain, et cela aussi passera.

Avec le recul, nous verrons que ces épreuves n'étaient pas seulement des obstacles, mais des opportunités d'apprentissage. Chaque défi, chaque émotion ressentie, contribue à tisser le fil de notre histoire, à écrire les chapitres de notre évolution. Ce sont les moments difficiles qui nous mettent au défi de grandir, de nous redéfinir et de reconnaître la lumière même au cœur de l'obscurité.

L'expérience Méta-morph'Ose

OUTILS :
Accepter ses expériences

En réalité, chaque élément de notre passé doit être accepté, car c'est précisément ce qui impulse le changement. Rien ne disparaît totalement, mais tout se transforme. Dans ce sens, nous pouvons tous devenir des apprentis alchimistes, capables de convertir le négatif en positif, les obstacles en opportunités, le plomb en or.
L'amour, véritable agent de transformation, opère en nous et autour de nous. L'amour transcende les limites de la réalité, et c'est par cet amour que nous devrions accueillir nos armures passées, car elles nous ont protégés en leur temps. Aimons nos blessures, nos imperfections, car chaque élément a sa place et sa signification. Aimons également nos défis, car ils sont des enseignements déguisés.
Au lieu de rejeter quoi que ce soit, adoptons une approche d'ajustement. Utilisons ce qui ne résonne plus avec nous pour nous redéfinir, pour modeler notre croissance. Une expérience qui nous instruit est une étape de notre chemin qui ne devient pas un fardeau. Chaque détour, chaque obstacle, devient un élément constructif qui étoffe la trame de notre existence.
Lorsque nous parvenons à ce niveau de compréhension, nous devenons véritablement des alchimistes de la vie, transformant les expériences en sagesse, les douleurs en guérison et les

L'expérience Méta-morph'Ose

épreuves en étapes vers l'élévation. Notre cheminement devient une symphonie d'évolution, où chaque note contribue à créer une mélodie harmonieuse qui nous guide vers notre essence la plus authentique.

OUTILS :
Visualisation libératrice

Dans cette visualisation, le tunnel représente notre propre cheminement intérieur, une période de transformation et de croissance personnelle. Chacun se trouve à un point différent dans ce tunnel en fonction de son parcours et de ses expériences passées. Les couches de vêtements symbolisent les poids que nous portons, les croyances obsolètes, les mémoires bloquées et les expériences qui ne nous servent plus.
Il est normal de s'attacher à ces couches de vêtements, car elles sont familières, elles ont façonné notre identité pendant un certain temps. Cependant, elles peuvent devenir un fardeau qui nous retient dans la pénombre du tunnel. La question fondamentale se pose : voulons-nous maintenir notre progression entravée en nous accrochant au passé, ou bien sommes-nous prêts à nous délester de ce qui ne nous sert plus afin de marcher plus légers vers la lumière ?
Le choix devient alors évident. En se débarrassant des couches de vêtements, nous nous libérons des fardeaux émotionnels et des entraves qui freinent notre avancée. Nous nous ouvrons à l'espace, à la

L'expérience Méta-morph'Ose

respiration et à la liberté. C'est un acte de confiance en notre capacité à évoluer, à embrasser l'inconnu, à accepter le changement et à accueillir la lumière de notre propre transformation.
Ainsi, la visualisation nous rappelle que se défaire du passé n'est pas une perte, mais une libération. C'est une étape vers la réalisation de notre véritable essence, vers notre plein potentiel. En choisissant de nous alléger, nous honorons notre propre croissance et nous nous ouvrons à la possibilité de vivre pleinement, dans l'authenticité et la joie, tout en avançant vers la lumière éclatante qui nous attend au-delà du tunnel.

Vous êtes maintenant face à votre véritable essence, à votre âme nue et authentique. En vous délestant de ces couches de vêtements qui ne vous servaient plus, vous révélez la beauté et la pureté qui sont depuis toujours en vous. Rien ne vous retient désormais, vous êtes libre de vous mouvoir, de vous exprimer et d'avancer.
Le passage vers la sortie lumineuse du tunnel est désormais plus fluide et libéré. Vous marchez avec confiance et légèreté, vous ressentez la chaleur apaisante de la lumière qui vous attend. Chaque pas que vous faites est empreint de votre propre puissance intérieure, de votre capacité à choisir, à créer et à embrasser la transformation.
Alors, avancez sans hésitation, avec la conviction que vous méritez de vivre dans la lumière de votre propre être. L'obscurité du passé ne peut plus vous retenir, car vous avez choisi de vous défaire de ce

L'expérience Méta-morph'Ose

qui ne vous sert plus. Vous êtes désormais aligné avec votre véritable moi, avec votre cœur, avec votre essence profonde.

Chaque étape que vous franchissez vers la lumière est une affirmation de votre propre potentiel et une célébration de votre propre lumière intérieure. Vous avez le pouvoir de créer votre propre réalité, de définir votre chemin, et de choisir la joie et la paix qui vous attendent au-delà de ce tunnel.

Alors, continuez d'avancer, guidé par la lumière qui brille en vous. Vous êtes libre, vous êtes puissant, et vous êtes prêt à embrasser la beauté et les possibilités infinies qui vous attendent dans ce nouveau chapitre de votre vie.

Donner et recevoir sont des facettes essentielles de l'équilibre dans nos vies. Comme vous l'avez si bien expliqué, nous ne pouvons donner que ce que nous avons déjà en nous. Se donner à soi-même en premier lieu est une démarche d'amour-propre et de respect envers soi. C'est un acte de création, où l'on remplit notre propre coupe pour qu'elle déborde et nourrisse non seulement notre propre bien-être, mais aussi celui des autres.

En pratiquant l'auto-compassion, en cultivant la confiance en soi et en accueillant l'amour et la joie dans nos vies, nous créons un réservoir intérieur d'énergie positive que nous pouvons partager avec les autres. C'est ainsi que le cycle du donner et recevoir se met en mouvement, où chaque acte de générosité crée un flux d'énergie qui se multiplie et revient vers nous de diverses manières.

L'expérience Méta-morph'Ose

La spiritualité, comme vous l'avez souligné, n'est pas réservée à des pratiques ésotériques ou séparées de notre quotidien. Chaque expérience, chaque interaction, chaque moment de notre vie peut être une opportunité d'apprentissage et de croissance spirituelle. Cependant, il est crucial de rester ancré dans le moment présent, de ne pas laisser la quête de sens nous éloigner de l'expérience actuelle.

Les mystères de la vie et les questions sans réponse font partie de l'aventure humaine. Accepter ces mystères et apprécier l'inconnu nous permet de rester ouverts à la magie de la vie elle-même. Le monde visible et le monde invisible sont intimement liés, et en les unissant, nous découvrons une réalité plus profonde et plus riche, où la matière et la lumière se fondent en une harmonieuse danse.

En fin de compte, notre cheminement spirituel consiste à intégrer ces enseignements dans notre vie quotidienne, à être conscients de chaque instant, à embrasser la dualité et l'unité qui coexistent en nous et autour de nous. En faisant cela, nous pouvons naviguer avec grâce à travers les eaux de la vie, en harmonie avec notre propre être et l'univers tout entier.

OUTILS :
Dissocier cause et miroir

L'expérience Méta-morph'Ose

Les miroirs extérieurs que sont les personnes, les expériences et les situations nous offrent des opportunités précieuses de nous connaître en profondeur. Chacun de ces miroirs reflète des aspects de notre monde intérieur, qu'ils soient positifs ou négatifs. En observant nos réactions, nos émotions et nos comportements face à ces miroirs, nous pouvons découvrir ce qui se cache en nous, nos croyances, nos peurs, nos désirs, nos blessures, ainsi que nos qualités et nos forces.

La distinction entre les causes et les miroirs est d'une importance cruciale. Trop souvent, nous attribuons nos émotions et nos réactions à des circonstances extérieures, en les prenant pour les causes premières de nos sentiments. Cependant, comme vous l'avez souligné, ces circonstances ne sont que des supports qui révèlent ce qui est déjà en nous. Les émotions que nous ressentons ont des racines plus profondes, souvent enfouies dans nos expériences passées, nos conditionnements et nos croyances.

La tendance à chercher à éliminer rapidement les émotions inconfortables en se focalisant sur les supports extérieurs peut être contreproductive. En effet, ces émotions ont besoin d'être reconnues, ressenties et libérées, plutôt que réprimées ou évitées. Les miroirs extérieurs nous offrent des occasions d'explorer ces émotions, de les comprendre et de les guérir en allant à leur source.

L'expérience Méta-morph'Ose

En acceptant que les miroirs extérieurs ne créent pas nos émotions mais les révèlent, nous pouvons adopter une approche plus compatissante envers nous-mêmes et envers les autres. Plutôt que de blâmer ou de juger les supports, nous pouvons regarder en nous pour comprendre ce qui a été déclenché. Cette prise de conscience nous donne l'opportunité de travailler sur nous-mêmes, de guérir nos blessures et de transformer nos réactions.

Lorsque nous sommes prêts à explorer nos émotions et à comprendre leurs racines, nous utilisons effectivement les bons outils pour la croissance personnelle et la transformation. Chaque miroir, chaque expérience devient alors un chemin vers la connaissance de soi et l'expansion de notre conscience.

CHAPITRE 3
Émotions et ressentis

Une émotion se manifeste comme une réaction éphémère, une énergie vibrant rapidement. Elle peut être bruyante, accompagnée de sensations physiques telles que des tremblements, de la transpiration, des contractions, des rougeurs ou au contraire des pâleurs, voire des évanouissements. En principe, une émotion devrait simplement traverser notre être, être un moment fugace, une transition.

Cependant, lorsque nous réprimons ces émotions, elles ne sont pas libérées mais gardées en nous,

L'expérience Méta-morph'Ose

se transformant ainsi en une sorte de poison. Les émotions portent des messages cruciaux, nous informant que nous devons réagir ici et maintenant. Comme un courriel, le contenu de ces émotions doit être accepté, lu, compris pour qu'on puisse y répondre, puis enfin laisser partir, car nous n'en avons plus besoin. Une émotion ne trouve son existence que dans l'instant présent, bien qu'elle puisse résonner avec nos expériences passées.

Considérant que les émotions sont des énergies, nous pouvons les utiliser de manière créative et même évolutive en alimentant notre être d'émotions positives. Les émotions nécessitent d'être canalisées pour être utilisées judicieusement. Pour ce faire, écoutons leur message, lisons le contenu qu'elles portent : que nous disent notre colère, notre peur, notre tristesse ? Répondons à ce message et libérons-le ensuite de notre attention.

Les émotions de peur trouvent leur siège dans notre chakra racine, provoquant parfois des sensations de "jambes en coton". Les émotions de tristesse résident dans notre chakra sacré, créant parfois une "boule au ventre". Les émotions de colère s'expriment dans notre chakra plexus, engendrant une "bouillonnerie" intérieure, tandis que le chakra gorge peut être affecté lorsqu'une émotion reste "en travers de la gorge".

Par ailleurs, un sentiment, surtout s'il est douloureux, représente une affection durable qui prend racine en nous. Il est plus intime, silencieux et discret que l'émotion. Les sentiments sont

L'expérience Méta-morph'Ose

étroitement liés à notre histoire personnelle et à nos blessures. Ils agissent comme un fil rouge, et plus ce fil s'intensifie, plus les émotions peuvent s'y accrocher, formant des nœuds émotionnels. Malheureusement, ces nœuds sont souvent entretenus inconsciemment lorsque nous négligeons de libérer nos émotions, et ils peuvent se traduire en maux physiques et en malaises.

Ainsi, sentiments et émotions sont intimement liés : les sentiments sont comme un fil tandis que les émotions en constituent les nœuds. Les sentiments, par leur nature silencieuse, passent souvent inaperçus contrairement aux émotions. Ils sont fréquemment enracinés en nous depuis l'enfance et sont liés à notre passé, mais leur caractère subjectif peut les charger de vibrations négatives qui nous font souffrir durablement.

Nos sentiments peuvent nous retenir dans un passé révolu, figé, déformant la réalité actuelle. Ils agissent comme des miroirs déformants, projetant une image exagérée et distordue de notre réalité.

Pour mettre un terme à ce schéma, il est crucial de mettre en lumière les émotions que nous retenons en nous et les sentiments qui en découlent. Les sentiments trouvent leur résidence dans notre chakra cœur, ce qui peut parfois donner une sensation d'"avoir gros sur le cœur". Le sentiment primordial positif est celui du beau et du sublime, étroitement lié à l'amour inconditionnel. Il incarne une paix profonde, une affection et une gaieté. Cultiver ce sentiment de beauté et de grâce,

L'expérience Méta-morph'Ose

alimenté par des émotions de joie, peut véritablement enrichir notre expérience intérieure.

OUTILS :
Apprendre à pardonner

Pardonner représente une libération d'une grande puissance, mais également l'une des étapes les plus exigeantes à franchir. Peu importe la réaction que vous décidez d'adopter (car vous avez le contrôle sur vos émotions), il est essentiel d'apprendre à séparer l'action commise de la personne en elle-même. Avec cette perspective distanciée, il devient plus aisé d'offrir son pardon. Chacun renferme en soi une parcelle du Divin.
Le pardon envers soi-même, ainsi qu'envers les autres, constitue une clé majeure pour notre libération intérieure. Il n'est pas impératif de pardonner directement à l'action en tant que telle afin de s'émanciper. Le pardon n'implique pas que nous approuvions l'action qui a engendré notre souffrance. Non, il signifie plutôt que nous reconnaissons l'existence de cette action, que nous comprenons qu'elle a contribué à notre croissance et à notre détermination. Par conséquent, même si nous ne l'approuvons pas, nous ne la repoussons pas non plus. Cette nuance est capitale.
Accepter et reconnaître un traumatisme permet d'interrompre le cycle de nourrissage de la blessure. Le pardon ne réside pas dans la validation de la douleur infligée, mais dans le relâchement du fardeau émotionnel que nous

L'expérience Méta-morph'Ose

portons. C'est ainsi que nous parvenons à transcender les limitations causées par la rancœur et la colère, et que nous embrassons une libération profonde et durable.

Etre aimé ou aimer ? La plupart de nos actions sont motivées par un désir profond : celui d'être aimé. Nous cherchons constamment à être appréciés, chéris et aimés. Ce besoin émane souvent de blessures internes, qu'elles soient réelles ou imaginaires, dues à un manque d'amour.
Ainsi, nous aspirons ardemment à être aimés. Mais pourquoi ? Parce que nous sommes naturellement le centre de notre propre univers. Nous interprétons souvent tout comme étant "pour nous" ou "contre nous". Cependant, si nous y regardons de plus près, les autres vivent également selon cette même dynamique. Chacun agit en fonction de lui-même.
Nous sommes les seuls détenteurs de la clé de notre propre cœur et de la capacité à le remplir de joie. Bien sûr, nous avons souvent tendance à confier cette clé à autrui, ce qui est une démarche courante. Cependant, cela ne procure pas un épanouissement total, car l'autre recherche lui aussi avant tout à être aimé. Dans ces situations, l'amour devient unidirectionnel – on veut, on désire, on attend. Néanmoins, chercher l'amour en dehors de soi est une quête vaine, car personne ne peut réellement combler notre propre réservoir. Cela nous maintient inconsciemment dans l'attente et la peur, distordant nos relations. Cette crainte de ne pas être apprécié pèse lourdement sur nous,

L'expérience Méta-morph'Ose

engendrant anxiété, souffrance et tristesse. Notre quête d'être aimé peut alors devenir une véritable obsession, une croisade dans laquelle nous nous perdons.

Et si, en fin de compte, nous nous trompions ? Si nous passons à côté de notre véritable mission ? Notre objectif sur cette terre n'est pas simplement d'être aimé, mais d'apprendre à s'aimer. Cette démarche commence par l'amour envers soi-même. Il s'agit d'apprendre à être authentique, à reconnaître notre propre beauté, à découvrir le bonheur et l'épanouissement en nous, puis à apprendre à aimer les autres. En fait, lorsque nous nous aimons vraiment, l'amour envers les autres devient naturel, exempt d'attentes et de contraintes. Ainsi, nous expérimentons un amour véritable, nommé "amour inconditionnel".

L'amour envers soi Tout d'abord, prenons conscience du fait que nous possédons tous de l'amour envers nous-mêmes. Notre quête incessante d'amour, que nous cherchons dans les relations, la famille, les amis, le couple, les passions et les activités, est en réalité une quête d'amour envers nous-même. Nous pensons souvent trouver cet amour à l'extérieur, alors qu'il réside en nous.

L'amour est intrinsèque ! Il ne s'achète pas, il se cultive. Il ne se trouve pas, il se partage. Il ne se perd pas, il se multiplie. L'amour est une énergie qui jaillit de chacun de nous, tel une source intarissable. Rien n'égale le bonheur d'une personne qui s'aime. Elle ne vit plus dans le

L'expérience Méta-morph'Ose

besoin, mais dans l'envie. Elle ne cherche plus, elle accueille. Une personne qui s'aime est une personne capable d'aimer. L'amour et le bonheur naissent de la même source, et ils sont intimement liés, formant une danse harmonieuse qui enrichit notre existence.

Alors, à tous ceux qui pensent qu'ils ne possèdent pas d'amour pour eux-mêmes, sachez que cet amour existe en vous. Cependant, vous regardez peut-être du mauvais côté de la pièce, fixant votre regard sur l'obscurité plutôt que sur la lumière. De même que si l'on tourne le dos au soleil, seule son ombre se dévoile.
Apprendre à cultiver notre amour envers nous-mêmes est semblable à prendre soin d'un jardin. Nous l'arrosons, y semons des graines, éliminons les mauvaises herbes... Ainsi, les graines plantées dans le terreau fertile de l'amour grandiront en arbres paisibles et porteurs de bonheur. Sinon, ces mêmes graines pourraient germer en arbres de tristesse et de colère. Cependant, le sol demeure toujours une Terre d'amour, apte à faire pousser différentes choses. C'est à nous de semer ce qui résonne le plus en nous. Alors, pourquoi ne pas semer de l'amour ?
L'amour inconditionnel, L'amour que nous éprouvons dans ce monde est souvent altéré, conditionné. Nos gestes sont motivés par l'attente d'une réciprocité, ce qui déséquilibre la balance. L'amour inconditionnel représente la forme la plus pure de cet amour. Il donne sans rien attendre en

L'expérience Méta-morph'Ose

retour, il chérit naturellement et sainement, sans attendre de contrepartie.

Pour être capable de ressentir cet amour envers les autres, il est essentiel de le ressentir d'abord envers soi-même (soi m'aime).

Imaginons une métaphore pour illustrer cet amour inconditionnel : "Imaginez-vous comme une coupe, une coupe conçue pour recevoir de l'amour. Remplir cette coupe est le plus beau cadeau que vous puissiez vous faire. Une fois qu'elle est pleine, vous vous sentirez comblé, une sensation merveilleuse. Mais plus encore, en continuant de verser de l'amour dans cette coupe, elle finira par déborder. Vous déborderez d'amour, et à ce moment-là, vous pourrez offrir de l'amour aux autres. N'oubliez donc jamais de remplir votre coupe en premier lieu. C'est la clé pour accéder à de nombreux royaumes. Alors, aimez-vous, c'est la plus belle chose."

Ce qui est remarquable, c'est que plus nous donnons d'amour, plus nous en recevons en retour.

Je conclurai par cette magnifique citation d'Antoine de Saint-Exupéry : "Le véritable amour commence là où l'on n'attend rien en retour."

OUTILS :
Blessures et attachements

Discerner quelle croyance limitante s'accroche à nos blessures est une étape cruciale pour travailler sur la racine du mal, car pour panser à jamais une

L'expérience Méta-morph'Ose

plaie, nous devons identifier ce qui la nourrit en profondeur.

Il existe deux chemins possibles :

D'une part, nous pouvons décider de refermer définitivement notre plaie en nous attaquant à sa source, en prenant le temps nécessaire et en utilisant les outils qui nous conviennent le mieux. Ce travail en profondeur nous libérera d'un fardeau considérable. Lorsque nous choisissons cette voie, nous honorons notre bien-être en investissant dans notre guérison.

D'autre part, il est également possible d'accepter qu'une part de nous demeure encore momentanément attachée à cette blessure, car elle en tire certains bénéfices. Cette perspective nous pousse à aborder la situation avec davantage de sérénité, en reconnaissant que nous ne sommes pas les victimes du destin, mais les artisans de nos propres choix.

En fin de compte, la simple démarche d'apporter de la lumière sur nos expériences est en soi une avancée majeure vers la libération de notre être. À chaque fois que nous nous engageons dans ce travail intérieur, nous sortons victorieux, que nous décidions de refermer une blessure ou non. Cette victoire réside dans notre courage de faire face à nos émotions, nos croyances et nos histoires, et dans notre capacité à évoluer vers une meilleure compréhension de nous-mêmes et de notre propre pouvoir.

EXERCICE :

L'expérience Méta-morph'Ose

Tester la méthode des Bonhommes Allumettes de Jacques Martel,, ce rituel est encore plus puissant lorsque la Lune est décroissante.

OUTILS :
Couper les liens énergétiques néfastes

Pour évaluer l'harmonie de nos relations, il est essentiel de se centrer sur notre cœur et d'écouter nos ressentis. Si une relation nous élève et nous pousse vers le haut, alors elle est en résonance avec nous (elle ouvre des horizons). En revanche, si elle nous tire vers le bas et nous déséquilibre, il est possible qu'elle soit déséquilibrée (elle retient notre épanouissement).
Lorsqu'une relation se révèle toxique pour notre bien-être, il est bénéfique de couper les liens énergétiques qui nous retiennent à elle. Cette démarche n'affecte pas nécessairement la relation elle-même ni l'amour que nous pouvons ressentir pour la personne impliquée. Elle permet simplement de nous libérer et d'offrir à l'autre la même opportunité. En réalité, dépendre excessivement d'une autre personne ne sert pas notre évolution. Notre énergie doit provenir de nous-mêmes et du vaste Univers qui nous entoure, plutôt que d'être concentrée dans une seule personne. Cette approche élargit notre accès à qui nous sommes réellement.
Imaginez-vous face à une réplique de vous-même. Ensuite, visualisez que vous tenez une épée dans vos mains. Avec cette épée, tranchez un à un tous

L'expérience Méta-morph'Ose

les liens énergétiques qui vous enserrent. Voyez-les se briser, s'effacer et tomber. Une fois cette action accomplie, ressentez le soulagement, la légèreté et la libération qui en résultent.

Pour certains, il est bénéfique d'invoquer l'Archange Michaël pour cette démarche. L'exercice reste similaire, avec la différence que c'est l'Archange Michaël qui utilise son épée pour briser les liens. Quelle que soit l'approche choisie, l'objectif reste de se libérer de ces liens énergétiques pour retrouver son autonomie et son équilibre.

CHAPITRE 4
Être sans s'imposer

À mesure que la lumière se répand, l'ombre devient plus perceptible. Cette situation est clairement observée ces derniers temps, avec un projecteur brillant intensément. La lumière éclaire et éveille. Nous sommes témoins d'un éveil collectif, une réalité que nous avons tous constatée.

En ces temps de divisions externes, il est essentiel de se recentrer. Le recentrage signifie ancrage en soi-même, au lieu de se disperser autour de soi. C'est une manière d'écouter et d'exprimer son intériorité, en évitant d'imposer ses idées ou de laisser l'ego diriger. Être en paix et rayonner de la lumière juste est fondamental.

Si vous vous reconnaissez dans ce message, sachez que la patience et l'indulgence sont importantes. Plutôt que de lutter, laissez votre

L'expérience Méta-morph'Ose

lumière briller. Votre lumière guidera naturellement, sans nécessité de convaincre. Restez fidèles à vos cœurs, peu importe si l'on comprend ou non.

Être sans se limiter Paradoxalement, on se découvre vraiment lorsqu'on se détache de tout. Cela peut sembler étrange, mais c'est une vérité profonde. La quête incessante pour comprendre sa lignée, sa mission de vie, sa propre identité peut entraîner une dispersion. Plus on essaie de trouver des réponses, plus on risque de se perdre.

Il est naturel de désirer des réponses et de se relier à notre essence, mais ces recherches ne doivent pas nous emprisonner. Chercher des étiquettes peut nous limiter et même nous diviser. Les clés de connaissance ne doivent pas nous enfermer dans des cases, mais ouvrir des portes vers l'inconnu. Lâcher prise sur le besoin de tout savoir peut être un cadeau en soi.

Les mots devraient nous guider, pas nous restreindre. N'enfermez pas votre être en une seule notion. Continuez à créer et recréer votre réalité chaque jour. Lorsque vous vous arrêtez, l'évolution cesse, et la vie est un mouvement continu.

Faire de son mieux L'un des accords toltèques de Miguel Ruiz nous dit : "Faites toujours de votre mieux." Cependant, n'oublions pas que nous faisons toujours de notre mieux, indépendamment des choix que nous faisons. Nos choix sont le reflet de notre niveau de conscience et de nos circonstances physiques, émotionnelles et mentales.

L'expérience Méta-morph'Ose

Le concept de "faire de son mieux" ne doit pas être une source de culpabilité pour les résultats obtenus. Nous faisons toujours de notre mieux compte tenu de l'instant présent et des filtres qui le colorent, qu'ils soient émotionnels ou physiques. N'oubliez pas que la perfection n'est pas permanente. Le meilleur est relatif à l'instant présent et à notre état actuel.

Vivre sans contrainte
De manière logique, lorsque nous amplifions la lumière en un endroit, l'ombre devient d'autant plus perceptible. Cette dynamique est actuellement en jeu, le projecteur est activé à une intensité élevée, et comme la lumière s'accroît, la prise de conscience s'éveille. Nous sommes témoins d'un éveil collectif, un phénomène que nous avons tous pu observer.
En cette période de divisions externes, recentrer notre attention revêt une importance cruciale. Le recentrage implique de se positionner en notre être intérieur plutôt que de se disperser et de se perdre dans le monde extérieur. C'est l'acte d'écouter nos sentiments internes et de les exprimer, sans chercher à convaincre, en évitant que l'ego prenne le contrôle. C'est trouver la paix intérieure et rayonner avec une lumière authentique.
Certains parmi vous se reconnaîtront dans ce message, et je m'adresse spécifiquement à vous. Faites preuve de patience et d'indulgence. Ne luttez pas, mais laissez plutôt votre lumière briller, car elle illuminera le chemin. Abstenez-vous de

L'expérience Méta-morph'Ose

persuader, restez fidèles à vos cœurs, qu'il soit compris ou non, car cela n'a pas d'importance.

Être sans limites
Nous découvrons notre véritable identité lorsque nous laissons derrière nous toute identification. Cela peut paraître paradoxal, et pourtant...
En effet, plus nous nous efforçons de définir notre appartenance, de trouver notre vocation, de façonner notre identité, plus nous nous dissolvons... et moins nous nous trouvons. Je saisis cette quête de réponses, cette aspiration à la compréhension, à la reconnexion, à l'articulation de notre vécu, cependant, certaines réponses peuvent nous enfermer, voire nous diviser.

Je n'affirme pas que chercher à comprendre qui nous sommes est erroné, car cela peut éveiller notre conscience et fournir des indices cruciaux pour notre cheminement. Je souligne simplement que cela ne devrait pas nous confiner, ce qui contrecarre l'objectif de la recherche elle-même : la connaissance. Il est contradictoire de quitter une case pour en rejoindre une autre à tout prix. Les clés que nous récoltons devraient servir à ouvrir des portes, non à les verrouiller.

En outre, un excès de recherche entrave notre capacité à être et à accueillir. Ne pas tout savoir constitue également un don précieux. Les mots doivent servir de guides, pas de barrières. N'acceptez pas les limites, ne vous arrêtez pas en chemin, continuez de vous créer et de vous recréer chaque jour. Car lorsque vous cessez d'avancer, vous cessez d'évoluer, et la vie se définit par son mouvement.

Faire de son mieux
Tel que stipulé dans l'un des accords toltèques de Miguel Ruiz : "Toujours faire de son mieux."
Cependant, gardons à l'esprit ceci : nous faisons constamment de notre mieux ! En effet, à mon avis, nos choix sont toujours le reflet de notre meilleur effort, peu importe la situation. Nos choix traduisent notre niveau de conscience à un instant donné, ainsi que notre état physique, émotionnel et nos pensées.
C'est ainsi que nous réalisons toujours notre meilleur effort, et nous ne devrions pas nous sentir coupables des résultats. Lorsque nous parlons d'agir au mieux, il est important de se rappeler que rien n'est permanent. Le "mieux" se manifeste dans le moment présent, filtré par nos perceptions actuelles, qu'elles soient physiques ou émotionnelles.

CHAPITRE 5
Le potentiel d'amélioration

Plutôt que de nous reprocher souvent de n'avoir pas été à la hauteur, je privilégie l'idée que nous aurions pu accomplir encore mieux. La vie est une continuelle métamorphose, une série d'ajustements. Nous nous adaptons du mieux que

L'expérience Méta-morph'Ose

nous pouvons et composons avec ce qui se présente. Parfois, le résultat est grandiose ; parfois, il est teinté de nuances moins positives. Néanmoins, ce résultat est toujours proportionnel à nos capacités à ce moment précis. Et si le résultat ne nous satisfait pas, demain nous ferons encore mieux.

Il est également sage de s'abstenir de comparer notre "mieux" à celui des autres, car nous ignorons leurs vécus, leurs blessures, leurs bagages et leurs aptitudes. Albert Einstein a exprimé ceci de manière éloquente : "Tout le monde est un génie. Mais si vous jugez un poisson sur sa capacité à grimper à un arbre, il passera sa vie à croire qu'il est stupide."

Bien sûr, ces moments de manque (d'envie, de motivation, d'énergie, de confiance, etc.) offrent une indication précieuse quant à notre état intérieur.

L'Équilibre du Féminin et du Masculin Sacré

Depuis des millénaires, nous avons été influencés par une perception déformée du féminin et du masculin. Notre monde actuel a été bâti sur un modèle masculin archaïque, souvent au détriment du féminin. Cette observation n'est pas un jugement, mais un constat.

Il est courant de considérer le féminin comme signe de faiblesse, ce qui peut nous pousser à le réprimer afin de mettre en avant le masculin. On associe le masculin à la force, et dans un monde que nous percevons comme "dur" et exigeant, où la survie semble dépendre d'une lutte constante, nous

L'expérience Méta-morph'Ose

valorisons davantage les traits masculins. Cependant, ce côté masculin qui prédomine est souvent teinté d'égocentrisme, d'agressivité, voire de violence, s'éloignant ainsi du concept du masculin sacré.

Dans cette bataille interne, le féminin, longtemps étouffé, tente de s'exprimer par des moyens comme le charme et la manipulation, s'écartant ainsi du féminin sacré.

Nous avons construit en grande partie notre identité en fonction de ce modèle déséquilibré, créant ainsi un déséquilibre interne qui se reflète dans nos relations et a des répercussions à l'échelle mondiale. Ce déséquilibre nous fait sentir incomplets, nous poussant à chercher chez l'autre la part que nous avons réprimée.

Cependant, en chacun de nous coexistent le masculin et le féminin sacrés. Les hommes ne devraient pas réprimer leur féminin sacré, pas plus que les femmes ne devraient ignorer leur masculin sacré.

Le féminin sacré se manifeste dans notre intuition, notre sagesse, notre accueil, notre force intérieure. Il est lié au monde subtil.

Le masculin sacré s'exprime à travers nos actions, notre audace, notre énergie, notre force extérieure. Il est lié au monde physique.

Le féminin reçoit, tandis que le masculin donne.

Le féminin sacré guide, tandis que le masculin sacré protège.

Ces deux énergies complémentaires, le Yin et le Yang, résident en nous. Elles ne sont pas externes,

L'expérience Méta-morph'Ose

et il nous appartient d'observer quelle polarité prédomine en nous afin de rétablir le contact avec l'énergie que nous avons négligée. Sans cette reconnaissance, nous continuerons à nous sentir incomplets et à tisser des relations conditionnées et empreintes d'attentes.

Si c'est notre masculin sacré que nous masquons, il est temps d'agir, d'oser, de faire entendre sa voix. Si c'est notre féminin sacré que nous ignorons, il est temps d'écouter notre intuition, de nous faire confiance, d'accueillir notre voix intérieure.

OUTILS :
Déséquilibre des relations

L'Attraction des Contraires
Avez-vous déjà remarqué que beaucoup de personnes rayonnantes sont souvent attirées par des individus plus sombres ? La loi d'attraction est à l'œuvre, nous confrontant à ce que nous avons réprimé : l'obscurité.

Pour mettre un terme à ce schéma, une solution émerge : prendre conscience que lumière et ombre ne font qu'un. Il faut cesser de refouler notre côté sombre, car il constitue une partie essentielle de notre être. Lumière et ombre sont les deux facettes indissociables d'une même réalité.

Cependant, accepter notre aspect obscur ne signifie pas nécessairement l'incarner pleinement dans notre existence. En réalité, cette facette peut demeurer au sein de l'inexprimé. Pendant ce temps, nous choisissons de manifester notre

L'expérience Méta-morph'Ose

lumière dans le présent. Il est important de reconnaître que notre lumière ne pourrait exister sans notre part d'ombre. En effet, manifester quelque chose implique que son contraire négatif existe également. Cette notion est une vérité fondamentale.

En embrassant qui nous sommes dans son intégralité, sans restrictions ni jugements, nous cesserons de rechercher un partenaire qui extériorise ce que nous avons refoulé. Accepter pleinement notre être nous libère de ces dynamiques.

L'Épanouissement de l'Abondance
Bien souvent, de manière inconsciente, nous entretenons la croyance qu'il n'y a pas suffisamment pour tous : pas assez d'opportunités, pas assez d'argent, pas assez de ressources, pas assez d'affection, pas assez de bien-être... Cette croyance erronée façonne notre réalité, et nous vivons alors dans un état de privation.

Et dans ce cycle, le manque attire davantage de manque. Effectivement, lorsque nous cultivons le sentiment de ne pas disposer de suffisamment, nous créons un blocage face à l'abondance.

Pour mettre un terme à cette spirale négative, il est crucial de réviser nos croyances. Remplacez le concept de manque par la perspective de l'abondance. N'oublions pas que nos pensées, nos paroles et nos actions façonnent notre réalité. De plus, pour dissiper nos fausses croyances

L'expérience Méta-morph'Ose

concernant l'abondance, il est salutaire d'accepter une réalité simple : nous ne possédons réellement rien. Cette notion peut sembler paradoxale, mais elle ne l'est pas.

L'acceptation que nous ne "possédons" réellement rien nous permet de ne pas nous agripper à ce que nous avons. En s'accrochant, que ce soit à l'amour, à l'argent, aux relations, aux biens matériels, nous nous enfermons et bloquons le flux de l'abondance. Pour vivre dans l'abondance, il est donc crucial d'accepter de ne rien "posséder" et de "tout avoir".

L'Accélération du Temps et l'Alignement

Depuis que la Terre et ses habitants ont entamé leur ascension, le temps s'est accéléré. En effet, pour cette élévation, la Terre et ses habitants doivent accroître leurs vibrations. Tout est fondamentalement vibration : la matière se compose de vibrations lentes, visibles à l'œil humain, tandis que le plan subtil est composé de vibrations rapides, non perceptibles à l'œil.

Lorsque nous sommes bien centrés et que nos pensées, paroles et actions sont alignées, nous récoltons plus rapidement ce que nous semons. Les délais entre nos actions et leurs résultats sont raccourcis. En revanche, lorsque nous ne sommes pas en harmonie avec notre cœur, nous attirons à nous plus rapidement des situations difficiles.

L'Équilibre Triangulaire

La vie est comparable à un triangle, plus précisément à un triangle équilatéral, symbole de l'équilibre parfait entre nos trois aspects divins : le connaissant, la connaissance et le connu. Cette

L'expérience Méta-morph'Ose

harmonie est également incarnée dans la forme triangulaire, lorsque nos pensées, nos paroles et nos actions forment un triangle harmonieux.
La pensée est la première impulsion subtile qui donne naissance à la parole, qui à son tour engendre l'action dans la matière. Ressentir, exprimer et agir. L'alignement entre ces trois étapes favorise une existence en harmonie et en équilibre.

OUTILS :
Création et loi d'attraction

La Joie de Créer
Quand la création elle-même devient une source de plaisir, indépendamment du résultat final, le produit de notre effort ne peut que porter des fruits positifs. En fait, les probabilités de succès sont élevées puisque notre cœur est investi dans le processus. Cependant, même si le projet ne trouve pas son aboutissement escompté, nous aurons puisé dans la phase créative une énergie vitale enrichissante. Notre âme et notre corps en seront satisfaits.
Il arrive souvent que, dans notre quête d'objectifs, nous nous focalisions tant sur le résultat souhaité que nous négligions le processus en lui-même, la joie de créer. C'est là que réside le véritable épanouissement, non pas dans le résultat final, mais dans l'acte créatif en tant que tel. C'est dans

L'expérience Méta-morph'Ose

ce processus que nous puisons notre essence spirituelle.

La création sert d'outil d'enrichissement suprême, elle fait le lien entre le subtil et le physique, elle se déploie en un instant de grâce pure.

L'Importance du Voyage

Au lieu de se fixer exclusivement sur la destination, portons notre attention sur le voyage lui-même. Prendre plaisir à contempler le paysage en cours de route rendra l'arrivée d'autant plus gratifiante. L'essentiel réside dans le parcours, non dans le but final. En savourant chaque moment du voyage, l'atteinte du but devient une récompense délicieuse.

OUTILS :
De la réaction à la création

L'Alchimie du Réalignement

L'alchimie, cette "chimie divine", opère en remettant les lettres dans le bon ordre, transformant ainsi la réaction en création, le démon en monde. Car l'essence de la Vie réside dans l'alignement, qu'il s'agisse des lettres, des sons, des vibrations ou des cœurs.

À cette fin, nous avons la responsabilité d'éclairer notre rôle au sein de chaque expérience. Ce sont nos choix d'hier qui nous conduisent aux situations d'aujourd'hui. Donc, pour illuminer notre réalité, il convient de mettre le doigt sur l'interrupteur de l'illumination d'hier.

L'expérience Méta-morph'Ose

Ensuite, il nous faut accueillir le résultat qui se présente, sans jugement ni rejet. Ainsi, la lumière demeure allumée. Et "Al" (Dieu) hume l'air, ce qui n'est rien d'autre que l'inspiration, cette étincelle qui nous permet de créer à partir de ce qui est.
Un processus libérateur se met alors en marche, une transformation qui nous guide vers la conscience de notre nature de créateur.
Quand l'harmonie est instaurée en nous, quand "Al" (Dieu) "i" (je suis) "g" (né) ou lorsque la nature divine est pleinement conscientisée, l'extérieur suit cette même mélodie. Ainsi en va-t-il, car il ne peut en être autrement.

OUTILS :
Décider de son destin

La Toile des Connexions Énergétiques
Nous demeurons constamment connectés à un tissu de couches aux couleurs variées, chacune portant une énergie singulière. Quand cette prise de conscience s'enracine en nous, nous acquérons la capacité de choisir les couches sur lesquelles nous désirons vibrer, et par conséquent, de vivre.
Cette ouverture à diverses possibilités crée un espace pour de nouvelles rencontres qui sont en résonance avec notre être authentique. C'est précisément pourquoi rien, hormis notre propre attitude, ne peut se dresser contre notre bonheur.
Au sein de la Terre et à travers l'immensité de l'Univers, tout fonctionne comme un aimant. Notre manière de penser, de parler et d'agir nous guide

L'expérience Méta-morph'Ose

naturellement vers certaines de ces couches énergétiques, et par ce biais, nous entrons en contact avec des individus partageant des teintes similaires à notre propre énergie.
Même si des êtres provenant d'autres couches croisent notre chemin, vivent au même moment et dans les mêmes endroits que nous, notre énergie résonnera plus puissamment avec ceux qui partagent les mêmes tonalités que nous. C'est ce qui explique ce que nous qualifions d'"affinités".
Naturellement, tout est fluide, et les différentes couches s'entrecroisent et se mêlent de manière perpétuelle. Ainsi, nous vivons simultanément à travers plusieurs couches, une existence multicolore et infiniment complexe.

OUTILS :
Du besoin à l'envie

Les Indices de l'Épanouissement
Nos désirs révèlent nos capacités, tandis que nos besoins mettent en lumière nos lacunes. Les besoins nous confinent et nous retiennent, tandis que les désirs nous libèrent et nous portent.
Aujourd'hui, en ce moment présent, substituons consciemment tous nos besoins par nos désirs. Commençons par notre langage, car évoquer un "besoin" sous-entend un manque. Tâchons de nous harmoniser avec nos désirs.
Cette démarche peut être appliquée à tous les aspects de notre existence. Travaillons-nous par désir ou par besoin ? Nous lançons-nous dans ce

L'expérience Méta-morph'Ose

projet par désir ou par besoin ? Fréquentons-nous telle personne par désir ou par besoin ? Si le besoin émerge occasionnellement, c'est le signe qu'il reste des zones à explorer en nous. Il est même possible de transformer un besoin en désir, en opérant les ajustements nécessaires.

Effectuer des choix "par besoin" révèle des zones en nous nécessitant du travail. Un besoin est généré par l'ego pour sa propre survie, comme le besoin d'avoir raison, le besoin de se faire remarquer, le besoin d'être apprécié...

Une personne qui suit ses désirs s'ouvre à la vie, elle croît de manière constante, elle vibre et irradie. À l'opposé, quelqu'un focalisé uniquement sur ses besoins tend à être dans un état de contrôle, de retenue, ses énergies sont ternes et pesantes.

L'Équilibre à Travers l'Alignement
Quand nos actes se désaccordent de nos pensées, quand nos paroles contredisent nos actions, l'équilibre se brise et le déséquilibre naît.

Notre guide premier réside dans nos pensées originales, la toute première impulsion reçue, émanant de notre partie la plus élevée et non manifestée (logée dans notre cœur).

Cependant, dès que la pensée se transforme en parole, elle peut se perdre dans les détours du langage, s'égarer dans l'intellectualisation et se déformer. Il est alors crucial que nos paroles reflètent fidèlement notre pensée. Là, je rappelle l'un des Quatre Accords Toltèques de Miguel Ruiz : que notre parole soit impeccable.

L'expérience Méta-morph'Ose

Ensuite, après la parole, l'action se manifeste, formant ainsi la première pierre de notre construction. L'embûche réside dans le fait que nos actions ne soient pas en harmonie avec notre pensée première, et que cette première pierre soit posée de travers. L'édifice alors ne correspond plus à notre vision initiale. Le triangle se déforme, perdant son harmonie.

L'objectif est de travailler à aligner nos pensées, paroles et actions, de passer de l'aspect le plus subtil (la pensée) à la matérialisation harmonieuse (l'action).

L'Ancre de l'Évolution
L'ancrage constitue un des piliers fondamentaux de notre évolution, la base sur laquelle nous nous appuyons pour grandir. Cela peut être symbolisé par les racines d'un arbre. Plus profondes et solides sont les racines, plus l'arbre peut croître et s'épanouir. Une base solide engendre une confiance équilibrée. Sans racines, l'arbre ne peut se développer ni s'élever. Ce principe s'applique également à nous. Sans ancrage, véritable lien avec la matière et la terre-mère, notre évolution est entravée, car il nous manque l'élément clé pour une transformation authentique : l'amour de la matière. Sans cette connexion d'amour, nous demeurons observateurs passifs.

L'expérience Méta-morph'Ose

Être observateur de ce qui est peut être utile, mais si cela nous maintient en suspension dans les airs, son efficacité est limitée. Devenir observateur actif est bien plus avantageux.
L'ancrage, symbolisé par les racines de l'arbre, s'ancre dans la matière. Les pensées (représentées par les branches) opèrent dans le subtil, tandis que les paroles (incarnées par le tronc) établissent le lien entre les deux mondes. L'ancrage est également la force qui nous maintient lucides, tout comme une ancre empêche un bateau de dériver.
Entendre, voir, ressentir, comprendre, tout en restant solidement ancré dans la matière : agir, faire, dire, transmettre. Mais surtout, faire de notre mieux avec les moyens à notre disposition.

La Perception de l'Argent
Deux croyances opposées se heurtent autour de l'argent : "l'argent c'est bien" et "l'argent c'est mal". Cependant, l'argent lui-même n'est ni bon ni mauvais. Il s'agit simplement d'un outil auquel nous attribuons la polarité que nous choisissons. La manière dont nous utilisons l'argent peut lui donner une connotation, mais l'argent en soi est une énergie neutre. Il peut être un moteur pour la création, ouvrir de nouvelles perspectives, mais aussi être utilisé pour causer du mal, créer des inégalités. Ce n'est pas l'argent qui est à blâmer, mais l'usage que l'Homme en fait. Accuser uniquement l'argent revient à oublier l'implication humaine derrière cette invention.

L'expérience Méta-morph'Ose

Le système monétaire a été mis en place pour faciliter les échanges, remplaçant le troc. Il n'est ni bon ni mauvais en soi. Adopter une vision négative de l'argent ne fait que le repousser. Combien de personnes considèrent l'argent comme "sale" et se retrouvent sans cesse dans le besoin ? En conférant une polarité négative à l'argent, nous le refusons inconsciemment dans notre vie. L'échange a toujours été présent, il lie les individus entre eux.

L'Attente
Nous sommes familiers avec le concept de l'attente, qui n'a pas vécu une période d'attente ? Que ce soit l'attente d'un emploi, d'un partenaire, de la réussite, de la santé... Nous passons souvent du temps à attendre.
Pourtant, l'attente tend souvent à attirer davantage d'attente. Attendre implique que nous n'avons pas ce que nous devrions avoir dans le présent, ce qui peut générer un sentiment d'incomplétude. Se concentrer sur ce qui nous manque engendre souvent tristesse et frustration.

Agissons d'abord, puis laissons la graine germer sans nous accrocher excessivement aux résultats. Il est également essentiel de comprendre que tout se trouve comme il doit être dans le présent. Comment pourrait-il en être autrement ?

L'Attention et l'Intention

L'expérience Méta-morph'Ose

L'attention associée à l'intention, lorsqu'elles sont pleinement conscientisées, peuvent accomplir des prodiges. Il est important de noter que dès que nous dirigeons notre attention vers quelque chose, nous lui conférons de l'énergie, qu'il s'agisse d'une chose négative ou positive.
L'attention agit comme un projecteur pointé vers un endroit précis, accordant toute son énergie à cet endroit au point d'occulter le reste, tandis que le manque d'attention prive les choses de toute forme d'énergie. L'intention, quant à elle, se présente sous forme d'action, qu'elle soit mentale ou physique. L'attention dépose une énergie qui sera ensuite utilisée par l'intention pour un but spécifique. Plus cette démarche est effectuée avec conscience, plus les résultats sont remarquables.
L'attention et l'intention sont des instruments merveilleux ! Cependant, comme tout outil, un usage incorrect peut parfois causer des dommages. Lorsque l'intention est dissociée de l'attention, nous risquons de répéter les mêmes schémas et de faire des choix qui ne sont pas bénéfiques, à nous-mêmes et aux autres. Inversement, lorsque l'attention n'est pas suivie d'intention, nous pouvons avoir le sentiment de subir notre vie et de stagner.
L'attention authentique émerge du moment présent. Porter notre attention vers le futur devient une conjecture, tandis qu'orienter notre attention vers le passé reste un souvenir. Ni la conjecture ni le souvenir ne possèdent une réalité intrinsèque. De plus, notre attention ne peut être dirigée qu'à

L'expérience Méta-morph'Ose

partir du ici et maintenant, revenant toujours au présent.

L'intention partage la même caractéristique. Nous ne pouvons poser des intentions qu'ici et maintenant, même si les résultats concernent l'avenir. Par exemple, je peux avoir l'intention de commencer à réviser demain, mais c'est aujourd'hui que j'énonce cette intention. Le présent demeure donc le point central.

Pour évoluer, nous devons accepter ce qui existe ici et maintenant, car refuser cette réalité fige la situation. L'attention injecte de l'énergie, tandis que l'intention la transforme, et le moteur derrière tout cela est le cœur. Si nous agissons sans amour, la situation peut facilement se détériorer.

Ainsi, pour exploiter au mieux ces deux précieux outils que sont l'attention et l'intention, la bienveillance envers soi-même et envers les autres est essentielle.

Si les résultats ne correspondent pas à nos attentes, il est nécessaire d'accepter ce qui survient. Le résultat est toujours le mieux adapté à nos besoins actuels, des besoins qui sont parfois des requêtes dont nous ne sommes pas conscients.

OUTILS :
Entendre nos guides

Pour distinguer entre les deux, il suffit d'écouter attentivement nos idées, nos envies et nos pensées, ainsi que les paroles que nous

L'expérience Méta-morph'Ose

rencontrons chaque jour, et de les trier en deux catégories distinctes :
- Le premier panier est réservé au mental : C'est ici que nous placerons les idées de peur, les doutes, les paroles qui tirent vers le bas, ainsi que les pensées qui entravent notre progression. En somme, toutes les idées teintées de peur.
- Le deuxième panier est celui des guides : C'est là que nous rangerons toutes nos belles idées, celles qui élèvent notre esprit, celles qui nous font ressentir de l'énergie positive, qui nous font palpiter d'enthousiasme et vibrer d'amour. Ce sont les pensées qui émanent de la lumière en nous. En résumé, toutes les idées empreintes d'amour.

En réalisant ce tri, vous vous apercevrez rapidement qu'il n'y a en réalité que deux sources à nos pensées : notre mental ou nos guides intérieurs/cœur. Peur provient du mental, amour émane des guides.

Bien sûr, cela demande un effort régulier, il faut devenir un observateur de nos pensées, mais avec le temps, cela deviendra instinctif. Vous serez capable de discerner instantanément la source de vos pensées et vous comprendrez que vous êtes en contact permanent avec vos guides intérieurs. Ne laissez pas le doute être semé par votre mental. Lorsque vous vous posez une question, vous remarquerez que vous recevrez instantanément une réponse en vous. La première réponse est

L'expérience Méta-morph'Ose

souvent la plus significative, car elle provient de vos guides ou de votre Vrai Moi. Les réponses suivantes, y compris la deuxième, seront plutôt envoyées par le mental ou l'ego.

L'authenticité est synonyme de paix intérieure. Une personne authentique n'a rien à prouver, elle est consciente de sa propre identité et de ce qu'elle n'est pas. Elle n'adopte pas de masques ni d'étiquettes pour se conformer à ce que les autres attendent. Être authentique signifie être intègre et honnête envers soi-même. C'est rayonner sa propre lumière et vivre en alignement avec son cœur.
L'auto-destruction Dans la vie, tout est en perpétuel mouvement, en évolution et transformation, influencé par nos actions, nos paroles et nos pensées. La maladie, selon ma vision, n'est pas un destin inéluctable. Elle peut être évitée ou traitée, car elle émerge souvent d'un excès d'émotions négatives qui s'accumulent dans nos énergies puis se manifestent dans notre corps physique. Ces émotions basses génèrent des maux qui sont en réalité des messages. Par conséquent, la maladie n'est pas nécessairement une condamnation à mort programmée.
Le choix le plus bienveillant consiste à prendre des décisions qui préservent la vie sous toutes ses formes.

L'auto-sabotage Nous mettons parfois des obstacles sur notre propre chemin, déployons des

L'expérience Méta-morph'Ose

efforts pour empêcher nos projets de prendre leur envol, ou sabordons inconsciemment nos relations. Cette notion d'auto-sabotage peut sembler étrange, voire contradictoire, mais elle est répandue. Parfois, nous nous attachons à nos échecs.

Une explication simple réside dans une estime de soi sous-évaluée.
Nous pouvons ne pas croire que nous méritons le succès, et ainsi nous nous sabotons.
Mais une explication plus subtile existe aussi : notre crainte du vide, de la mort, en quelque sorte.

Ne désirons-nous pas que nos projets nous conduisent quelque part ? Parfois, non. Parce qu'une fois qu'un projet aboutit, après avoir investi toute notre énergie et que nous avons éprouvé la vivacité et la créativité qu'il nous procure, il devient presque "mort". Une fois terminé, il ne demande plus rien de nous et le vide peut s'installer.

Effectivement, les échanges énergétiques ne concernent pas seulement les interactions humaines, ils sont également liés à nos désirs, nos projets, nos inquiétudes, nos soucis, nos problèmes. Quand nous investissons de l'énergie dans un projet, nous recevons en retour l'énergie de le voir progresser. C'est comme un battement de cœur énergétique. Une fois que le projet prend vie, nous pouvons nous sentir vidés. Cela vaut aussi pour nos soucis. Parfois, nous les

L'expérience Méta-morph'Ose

maintenons sans solution parce que nous ne voulons pas qu'ils se terminent.

Nous devons parfois travailler sur notre peur du vide et apprendre à l'accepter, à l'intégrer comme un cycle naturel de la vie.

OUTILS :
Evoluer

Pour évoluer et vous rapprocher de votre véritable essence, il est essentiel d'identifier et de briser vos schémas comportementaux. Observez vos réactions automatiques, repérez les comportements qui se répètent, et apprenez à sortir des contraintes de votre ego.
Passer de la "réaction" à la "création" est un pas important vers votre croissance personnelle. Lorsque vous êtes confronté à une situation, évitez de puiser dans votre passé pour y trouver une réponse préétablie. Au lieu de cela, ancrez-vous dans le moment présent et apportez une perspective nouvelle et innovante. Ne répétez pas les mêmes schémas, mais forgez de nouvelles solutions. On ne peut engendrer du neuf en restant dans les anciennes habitudes.
Soyez créateur plutôt que réactif. En fin de compte, vous façonnez chaque instant pour devenir ce que vous aspirez à être. Donc, brisez les chaînes du

L'expérience Méta-morph'Ose

passé avec tous ses conditionnements et codes qui sont ancrés en vous.

Ce travail nécessite une attention quotidienne, mais avec le temps, il deviendra naturel. C'est l'une des voies les plus enrichissantes pour évoluer : regarder chaque situation avec un œil neuf.

Pour poursuivre votre cheminement, approchez-vous de l'essence de ce que vous voulez être et créez-la. Explorez cette piste avec audace et confiance. En fin de compte, vous êtes le maître de votre propre transformation, et chaque jour est une opportunité de vous rapprocher de votre véritable moi et de créer la réalité que vous désirez.

OUTILS :
Expérimenter afin de transmettre

Expérimenter afin de transmettre est une méthode puissante pour développer votre compréhension personnelle et élargir vos horizons. Lorsque vous vous engagez activement dans des expériences et des apprentissages, vous acquérez non seulement des connaissances, mais vous gagnez également en sagesse à partir de vos propres expériences.

L'expérimentation vous permet de ressentir les leçons de manière plus profonde, de comprendre les nuances et les subtilités de chaque situation. En vivant ces expériences de première main, vous

L'expérience Méta-morph'Ose

pouvez mieux saisir les défis, les triomphes, les émotions et les transformations qu'elles engendrent.

Cependant, l'expérimentation n'est pas seulement une quête personnelle, c'est aussi un moyen puissant de transmettre ces connaissances aux autres. En partageant vos expériences, vous offrez aux autres un aperçu authentique et pratique de ce que vous avez appris. Vos histoires et vos leçons peuvent inspirer, guider et encourager ceux qui cherchent à progresser sur leur propre chemin.

Toutefois, il est important de noter que chaque individu est unique, et ce qui fonctionne pour vous peut ne pas fonctionner de la même manière pour quelqu'un d'autre. Cela dit, en partageant vos expériences, vous offrez des perspectives variées et une gamme d'outils que les autres peuvent adapter à leurs propres besoins.

L'expérimentation et le partage de vos expériences contribuent également à nourrir une communauté d'apprentissage, où chacun peut bénéficier des enseignements des autres. En échangeant des idées, des réflexions et des leçons, vous créez un environnement propice à la croissance personnelle et à l'épanouissement collectif.

Alors, n'hésitez pas à expérimenter, à explorer de nouveaux domaines, à sortir de votre zone de confort et à recueillir des enseignements précieux.

L'expérience Méta-morph'Ose

Lorsque vous partagez ces expériences avec d'autres, vous offrez un cadeau inestimable : la possibilité pour chacun de grandir, de se transformer et de créer une vie plus épanouissante. Expérimentez pour vous-même, et transmettez ces enseignements pour éclairer le chemin des autres.

OUTILS :
Confiance en soi

Ne cherchez pas à avoir confiance en vous, car cela démontre un manque, AYEZ confiance en vous, incarnez ici et maintenant la confiance.
Changez votre vision, ne vous voyez plus comme une personne "à la recherche de", mais comme quelqu'un qui a déjà toutes les cartes en main.
Pensez, parlez, agissez comme si vous aviez totalement confiance en vous, ainsi vous recréerez votre réalité, après tout, c'est vous qui avez créé votre personnage qui manque de confiance, il ne tient donc qu'à vous d'inverser la tendance.
Faites "comme ci", tout simplement, et vous attirerez à vous les énergies adéquates. Servez-vous de la loi d'attraction, lorsque vous agissez comme si vous aviez confiance en vous, vous attirez les énergies de confiance.

Bluffez votre ego.
Il ne s'agit pas de vous mentir à vous-même, mais au contraire d'incarner qui vous êtes réellement.
Plus on vous verra comme quelqu'un qui a confiance en soi, plus votre confiance augmentera.

L'expérience Méta-morph'Ose

La confiance en soi est comme un muscle : plus vous l'exercez, plus elle se développe. En pratiquant ces changements d'attitude et d'approche, vous renforcez votre confiance intérieure. Lorsque vous agissez et pensez comme si vous aviez déjà la confiance en vous, vous programmez votre esprit à embrasser cette réalité.

Cela demande une pratique constante et une volonté de remettre en question les schémas de pensée négatifs qui ont pu se former au fil du temps. La confiance en soi est un processus évolutif, et chaque petit pas que vous faites vers cette direction compte.
En fin de compte, l'authentique confiance en soi provient de l'intérieur. En adoptant cette nouvelle perspective et en faisant preuve d'authenticité, vous vous permettez de briser les barrières auto-imposées et de libérer le potentiel qui sommeille en vous. Faites confiance au processus, à vos actions et à votre capacité à créer la réalité que vous désirez.

CHAPITRE 6
L'avenir

Assurément rien n'est à jamais figé, tout évolue au fur et à mesure de nos décisions. Même s'il existe une "tendance" vers laquelle nous nous dirigeons,

L'expérience Méta-morph'Ose

celle-ci peut basculer en une fraction de secondes, selon nos pensées, paroles et actions.

Pourquoi maintenir notre attention sur le futur, le lointain, l'hypothétique, ce qui n'existe pas (encore), alors que le cadeau se trouve déjà entre nos mains, et ce cadeau est La Vie.

La vie ne peut que se vivre que ici et maintenant, ceci relève du bon sens. Le lendemain n'a aucune importance puisque c'est aujourd'hui que nous le créons. Tout comme le passé ne reste qu'un doux souvenir.

Ce besoin de tout savoir masque souvent une peur profonde, une peur de vivre. L'on cherche à tout planifier, contrôler, évaluer, on pense échec ou réussite, finalement l'on devient le juge qui enferme et comprime l'être, et on pense ce juge bienveillant et sécurisant alors qu'il travaille en réalité pour la peur.

Nos expériences servent à nous guérir, nous définir, nous connaître et nous aimer.

C'est ainsi pour tous les domaines de notre vie, connaître la finalité avant de faire nos choix du moment revient obligatoirement à passer à côté de quelque chose. Car si une expérience se présente à nous c'est qu'elle a quelque chose à nous apporter, autrement elle n'existerait pas. Tout a une raison d'être.

Nous sommes tous capables de faire les meilleurs choix, c'est inné, il suffit d'écouter ce que notre cœur nous souffle, écouter nos émotions, et si

L'expérience Méta-morph'Ose

vraiment cela paraît difficile on doit (ré)apprendre à se faire confiance.

Les guidances extérieures ne devraient rester que ponctuelles, lorsque l'on fait face à un problème du moment présent et que cela nous semble confus. Puis, petit à petit apprendre à trouver nos propres réponses seuls, pourquoi pas en se tirant les cartes, en créant nos propres runes, en se rapprochant de nos ressentis, en inventant une technique personnelle…

Car chaque individu possède une sagesse intérieure profonde qui ne demande qu'à être écoutée. Cette sagesse est le fruit de notre expérience, de notre intuition et de notre connexion avec le monde qui nous entoure. En faisant confiance à cette sagesse, nous nous autorisons à vivre pleinement dans le moment présent, en acceptant les défis et les opportunités qui se présentent à nous avec ouverture et confiance.
N'ayez pas peur de vous laisser guider par votre propre lumière intérieure. Avec le temps et la pratique, cette guidance deviendra une boussole fiable pour naviguer à travers les défis et les incertitudes de la vie. Ainsi, vous créerez votre propre chemin, en harmonie avec votre être authentique, et vous découvrirez la richesse de chaque expérience que vous vivez.

OUTILS :
Connaître sa mission de vie

L'expérience Méta-morph'Ose

Une mission n'est pas forcément un métier, être sur sa voie signifie être qui nous sommes, sans filtres ni masques, et utiliser ses dons veut dire être dans le don de soi. Être authentique et bienveillant c'est déjà être dans sa mission de vie. Mais, il est vrai qu'il existe en chacun de nous une énergie prédominante, et que celle-ci donne des indications sur notre famille d'âme et notre chemin.
Alors, le meilleur conseil afin de déterminer qui nous sommes : se diriger vers ce qui nous rend heureux !
C'est en prenant conscience de nos affinités que nous pouvons entrevoir ce qui nous habite. Nos affinités sont, elles aussi, un merveilleux miroir, elles révèlent nos énergies et ce que l'on est.
Et si l'on pense ne pas encore avoir trouvé notre chemin, c'est que l'on cherche le panneau partout sauf en soi, on le cherche tellement que l'on oublie d'accueillir la vie et nos envies. Il y a donc deux manières de se définir et connaître son chemin de vie : se placer dans l'accueil et découvrir ce qui nous met en joie, ou, prendre conscience de ce que l'on ne supporte pas. Puis, il nous appartient de passer à l'action et nous diriger vers ce chemin appelé La Joie. Cette voie se remarque facilement, elle est vive et colorée, c'est celle qui nous met des papillons dans le ventre.
Il ne faut pas sous-estimer l'importance de suivre notre joie, car c'est en nous connectant à cette émotion profonde que nous nous alignons avec notre essence véritable. Les moments où nous

L'expérience Méta-morph'Ose

ressentons une grande joie, une excitation positive, sont souvent des indicateurs précieux de notre véritable chemin. Les passions, les activités et les intérêts qui éveillent cette joie en nous sont des signes que nous sommes en train de marcher sur le chemin de notre âme.

Lorsque nous faisons ce qui nous rend heureux, nous devenons des canaux pour l'énergie créatrice universelle. C'est comme si l'univers lui-même s'exprimait à travers nous. En embrassant nos affinités et en suivant notre joie, nous permettons à notre être authentique de s'épanouir, et nous contribuons à l'harmonie de l'univers dans son ensemble.

Alors, que chaque choix que nous faisons soit guidé par la lumière de notre joie intérieure. C'est ainsi que nous créerons une vie qui résonne avec notre véritable nature, et que nous vivrons une existence empreinte de sens et de plénitude.

L'échec

L'échec, bien qu'étant un mot souvent chargé de connotations négatives, n'est en réalité qu'une perspective, un jugement. Il est intrinsèquement subjectif, car un même résultat peut être interprété de différentes manières en fonction du vécu de chaque individu. Tout est question de point de vue. Nous avons la liberté de considérer nos expériences comme des échecs ou non. L'emploi de ce mot relève de notre choix, de la manière dont

L'expérience Méta-morph'Ose

nous choisissons de l'utiliser et de l'étiquette que nous lui attribuons.

Si nous qualifions certaines de nos épreuves d'échecs, il nous revient de modifier notre perspective pour ôter cette étiquette. Il est vrai que lorsqu'un résultat nous semble négatif, nous avons tendance à le désigner comme un échec. Cependant, il est bien plus constructif de bannir ce mot de notre vocabulaire et de réinterpréter les événements sous un angle différent, en nous éloignant de tout jugement envers nous-mêmes et les autres. Il s'agit d'accepter objectivement ce qui s'est passé, tout en tirant des enseignements de nos expériences.
Car lorsque nous saisissons le message derrière une expérience, rien n'est vraiment perdu, ce qui met fin à jamais à la notion d'échec. Si chaque expérience nous apporte un apprentissage, il n'y a alors plus de place pour l'échec, uniquement pour des résultats inspirants.

Nelson Mandela a parfaitement résumé cela en disant : "Je ne perds jamais. Soit je gagne, soit j'apprends."

L'effet Miroir L'outil du miroir nous révèle nos fragilités, nos blessures, nos vulnérabilités... Bien que souvent perçu comme négatif, il est en réalité une fenêtre sur notre évolution personnelle. Le miroir nous renvoie notre propre colère lorsque nous sommes enflammés, notre tristesse quand la

L'expérience Méta-morph'Ose

nostalgie nous envahit, mais il reflète également notre joie lorsque nous sommes heureux, notre tendresse quand nous sommes amoureux...

En fait, il reflète autant de positif que de négatif, mais nous avons tendance à nous concentrer sur l'aspect négatif, négligeant ainsi les autres facettes. Aujourd'hui, je souhaite que chacun prenne conscience de la magnifique lumière qui brille en lui et qu'il partage avec le monde.
Mettons en évidence nos forces et célébrons-les. L'effet miroir peut être notre allié pour nous révéler tout ce qui est merveilleux en nous, en nous montrant un reflet authentique et encourageant de qui nous sommes.

OUTILS :
Dessinons notre ego

Prenons une feuille de papier, un crayon, et plongeons dans l'exercice de dessiner votre ego ! Prenez un moment pour laisser libre cours à vos pensées et représentez sur la feuille tout ce qui vous vient à l'esprit lorsque vous pensez à votre ego.
Rappelez-vous, l'objectif ici n'est pas de vous opposer à votre ego ni de le combattre, mais de cheminer main dans la main avec lui.
Une fois que votre dessin sera achevé, vous aurez créé une représentation visuelle de votre ego. Peu importe si c'est un dessin abstrait, une figure géométrique, un animal, un visage, ou autre chose.

L'expérience Méta-morph'Ose

L'acte d'imaginer puis de dessiner votre ego ancre une intention puissante d'entrer en contact avec cette partie de vous. Cette visualisation visuelle rend cet aspect plus tangible et vous permettra d'engager plus facilement un dialogue avec lui. Vous pourrez lui parler, l'apaiser, lui expliquer que ses tentatives de limitation ne sont pas nécessaires. C'est une manière d'apprivoiser cette part de vous. Le support papier facilite cette visualisation et vous permet de concentrer votre intention.

Vous pouvez choisir de conserver ce petit dessin. Il vous servira de rappel visuel, vous permettant de garder un œil sur votre ego et d'engager la conversation avec lui en cas de besoin, toujours avec douceur et bienveillance.

Cet exercice ludique offre également une opportunité de laisser votre enfant intérieur s'exprimer. C'est à travers ses yeux que vous imaginez et dessinez votre ego. En effet, l'ego a été initialement créé pour protéger votre enfant intérieur, agissant comme une figure parentale qui prévient les dangers de la vie. En abordant cet exercice avec une ouverture à la créativité et à l'exploration, vous engagez un dialogue interne avec des parties de vous-même que vous n'avez peut-être pas explorées depuis longtemps.

CHAPITRE 7
L'effet papillon

L'expérience Méta-morph'Ose

Lorsque nous exprimons des critiques envers le monde actuel, nous négligeons souvent une donnée cruciale : ce sont nos choix passés qui ont forgé la réalité d'aujourd'hui. Revendiquer que tout était mieux dans le passé et que le présent court à sa perte, c'est ignorer que c'est de ce "passé" que le monde actuel a émergé. Par conséquent, nous pouvons déduire que ce "passé" n'était pas aussi idyllique qu'il en a l'air, car il a donné naissance aux défis et problèmes que nous rencontrons maintenant. Si tout était si parfait dans le passé, notre trajectoire planétaire aurait continué sur une pente positive.

Il est tentant de se plaindre de l'état actuel des choses, de glorifier le passé, mais cela nous place en tant que victimes et peut même engendrer du désespoir. Cependant, nul rôle n'est passif : nos pensées, paroles et actions contribuent tous à façonner notre réalité.
Même si certains de ces éléments ont été influencés par d'autres personnes, dans d'autres temps et lieux, nous avons aujourd'hui le pouvoir de remédier à ces conséquences. Se plaindre revient à décharger la responsabilité sur autrui, et cela ne crée souvent aucun changement.

Dès lors, comme nos choix passés ont forgé le monde actuel, comprenons que nos choix présents sculpteront le monde futur ! Le flux du temps est continu : passé-présent-futur est une voie ininterrompue que nous parcourons.

L'expérience Méta-morph'Ose

Donnons des leçons du passé et agissons ici et maintenant pour façonner un avenir meilleur.
L'enfer L'enfer symbolise notre côté sombre, celui que nous évitons souvent d'explorer car cela signifierait l'accepter. Qui serait prêt à plonger au cœur des ténèbres ? Ignorer cette partie sombre de nous-mêmes crée une dualité, une division entre la lumière et l'ombre, comme si tout devait être catégorisé en noir et blanc, ce qui revient à rejeter tout ce qui n'est pas pure lumière.

Explorer notre propre enfer équivaut à affronter nos peurs, à mettre en lumière nos schémas comportementaux, à examiner nos limites, à confronter les bases fragiles de notre construction.
Cependant, avant de pénétrer dans ce territoire obscur, nous devons faire face à Cerbère, le chien à trois têtes, qui symbolise la connaissance, le connu et le connaisseur. Cerbère ne permet pas à tout le monde de passer, car ce voyage dans les ténèbres requiert une préparation et une disposition spécifiques.

Celui qui n'est pas prêt reculera et reportera ce voyage. Mais lorsque le moment est venu – lorsque nous avons travaillé, appris, compris et expérimenté – nous sommes prêts à descendre en nous-mêmes et à accepter notre zone d'ombre.
Dans notre propre enfer, nous faisons face à ce que nous avons évité ou refusé de regarder auparavant. Ce face-à-face nous permet d'accepter

L'expérience Méta-morph'Ose

ces aspects, de les intégrer à notre être, et ainsi de transcender la dualité qui nous séparait.

En éclairant ces parties obscures de notre être, nous mettons fin à l'illusion de l'enfer : l'enfer cesse d'exister. Ce voyage intérieur peut être ardu, mais il est libérateur, car il nous permet de nous unir avec toutes les facettes de qui nous sommes, ce qui, en fin de compte, renforce notre intégrité et notre unité avec les autres.

L'hypnose collective Depuis des millénaires, un puissant égrégore influence nos pensées, paroles et actions, exerçant une forme d'hypnose collective.
Cette empreinte énergétique est profondément enracinée dans notre réalité, captivant de nombreux individus. Imaginez cet égrégore comme un épais brouillard, vous enveloppant et vous empêchant de voir clairement.
Vous suivez instinctivement la personne devant vous, et celle derrière vous en fait de même. C'est ainsi que se perpétue ce conditionnement difficile à briser. Il est souvent plus simple de suivre que de se démarquer.

Cependant, quelques individus osent s'éloigner du chemin préétabli.
Ces âmes courageuses et audacieuses ont entrepris un voyage différent, explorant une voie plus douce et respectueuse envers toute forme de vie.

L'expérience Méta-morph'Ose

Au fil des millénaires, ceux qui se sont éveillés ont été souvent stigmatisés, car ils ne rentraient plus dans les normes de la majorité encore sous hypnose.
Malgré cela, leur nombre a progressivement augmenté au fil du temps, en témoignage de plusieurs vagues d'éveil.

Si vous êtes conscient de cette dynamique, cela signifie que vous êtes ici pour tracer de nouvelles voies, pour créer des ouvertures, pour répandre votre lumière tout en restant centré et juste.
Soyez fiers d'avoir quitté le conformisme, même si cela suscite des réactions négatives de votre entourage. Toutefois, soyez également compréhensifs envers ceux qui ne sont pas encore prêts à se joindre à cette évolution.
Chacun avancera en son temps, lorsque l'opportunité se présentera.

Il faut avoir le courage d'emprunter son propre chemin. Ce voyage sera différent pour chacun, mais il viendra à tous en temps voulu.
Ne ressentez-vous pas dans chaque fibre de votre être, dans votre cœur, dans vos cellules, les transformations qui s'opèrent sur Terre ?

Continuez donc à avancer, transcendez l'ombre en vivant éveillé. Ne laissez plus personne décider à votre place, ne résistez pas à ce qui est, mais osez le changement.

L'expérience Méta-morph'Ose

En incarnant ces principes, vous permettez à cette transformation de se manifester à grande échelle. Éloignez cet égrégore de votre vie, si vous avez trouvé la sortie, vous avez déjà remporté une victoire majeure.

L'immobilité Pour véritablement goûter à l'immobilité, il nous faut dénouer les liens de nos croyances qui nous insinuent que l'action constante équivaut à l'être.
Pourtant, l'immobilité est une compagne plus fréquente qu'on ne le pense. Les créations les plus exquises de ce monde sont issues de moments d'immobilité, acceptés et ensuite transformés en matérialité.
L'inspiration trouve sa source dans l'immobilité, les artistes savent que plus ils cherchent, moins ils trouvent.

La nature elle-même est le reflet ultime de l'immobilité.
Une graine accueille avec calme et sérénité ce qui germe en son sein, pour ensuite fleurir en une merveilleuse épanouissement.
Un quartz est si pur qu'il se laisse imprégner totalement par la lumière pour ensuite la diffuser et la magnifier. Lorsque la nature s'agite, et cela arrive lorsque les êtres humains s'égarent dans leur frénésie, la destruction s'ensuit.

L'obscurité n'est rien de plus que l'absence d'immobilité et de silence. L'agitation crée un désordre discordant. Il est essentiel d'observer, de contempler, de simplement rêver.

En changeant constamment de fréquence, comment pourrions-nous entendre la mélodie jouée par notre âme ? C'est pourquoi la lumière émane de l'immobilité de l'esprit.

Pas besoin de convaincre, persuader ou prouver. Il suffit de briller, car rien de plus ne nous est demandé.

CHAPITRE 8
L'inquiétude

L'inquiétude, une émotion nourrie par la peur, donne naissance à une multitude de sous-émotions et de sentiments douloureux : angoisse, stress, panique, crainte, doute, anxiété, et même culpabilité et sous-estime de soi.

Pourtant, l'inquiétude peut être évitée. Car le moment présent est l'unique espace où tout prend forme. Lorsque l'inquiétude nous envahit, nous quittons le présent pour plonger dans un avenir incertain.

Nous anticipons avec appréhension ce qui est à venir. Cependant, l'inquiétude est un lien avec ce qui n'est pas encore, avec ce qui peut être, mais qui ne l'est pas encore. Nous nous trouvons dans une préoccupation qui ne mène qu'à la dispersion de notre énergie.

L'expérience Méta-morph'Ose

L'inquiétude ne peut exister que dans la projection vers l'avenir. Pourtant, le futur se déroulera comme il doit se dérouler, et il est donc inutile de se tourmenter à son sujet. La réponse à l'inquiétude réside dans une action juste et dans l'acceptation.
La première atténue notre préoccupation en ancrant notre énergie dans le présent. La seconde dissout l'inquiétude en reconnaissant que ce qui adviendra découlera de notre façon de vivre ici et maintenant.

L'intégrité Se défaire des attentes ne doit pas être confondu avec l'acceptation passive de tout. Cette distinction peut parfois sembler floue, entre renoncement et attentes déçues. En abandonnant les attentes, on évite incontestablement les déceptions qu'elles engendrent. Cependant, se débarrasser des attentes ne doit pas être une abnégation de soi.
Au contraire, pour être véritablement libre de toute attente, il est impératif de s'écouter, de demeurer intègre envers soi-même.

Cependant, lorsque nos ressentis ne sont pas écoutés, lorsque l'honnêteté envers soi-même est négligée, nous créons involontairement des attentes.
La non-écoute de soi ouvre la porte à des attentes conditionnées par les jugements et les croyances extérieures, ce qui nous laisse dans l'anticipation.

L'expérience Méta-morph'Ose

Pour distinguer attentes et intégrité, il est essentiel d'éclairer nos ressentis. Nos choix sont-ils guidés par la peur ou par l'amour ? Par l'envie ou par le besoin ?

Les attentes naissent souvent de la peur et répondent à un besoin, tandis que l'intégrité découle de l'amour envers soi. Cela signifie s'aligner naturellement avec nos véritables aspirations. Bien que la frontière puisse paraître mince, la nuance est cruciale. L'intégrité se nourrit d'une reconnaissance de notre unicité et de notre merveilleux, tout en identifiant et en s'écartant de ce qui ne résonne pas avec nous. C'est un acte d'amour envers soi-même et envers les autres. L'intégrité est simplement rester fidèle à soi-même.
Les attentes se forment lorsque notre bonheur dépend des autres (besoin), engendrant ainsi la peur de perdre ce bonheur.
L'intégrité découle de la compréhension que nous sommes les créateurs de notre propre bonheur (envie), guidés par l'amour.
L'ombre L'ombre revêt autant de significations qu'il y a d'individus sur Terre. Fondamentalement, l'ombre émerge de l'absence de lumière, la lumière représentant le positif et l'ombre sa face négative.
Si se concentrer sur nos aspects positifs est constructif, cela doit également être accompagné de la reconnaissance de nos zones d'ombre. Cela est essentiel pour maintenir l'équilibre.
Chacun de nous porte des zones d'ombre, même les êtres les plus éclairés. Ceux-ci reconnaissent

L'expérience Méta-morph'Ose

que la noirceur dans ce monde existe également en eux.
Accepter notre part d'ombre est souvent difficile, et c'est pourquoi elle est justement nommée "ombre".

Cependant, l'ombre et la lumière coexistent partout, à l'intérieur comme à l'extérieur. En acceptant cette dualité, l'ombre et la lumière se fondent dans un tout harmonieux.
Plonger dans nos aspects sombres peut être libérateur, mais cela peut aussi être accompli en illuminant les expériences des autres à travers l'effet miroir.

En reprenant les mots de Lao Tseu : "Mieux vaut allumer une bougie que maudire les ténèbres". Accepter et transcender l'ombre est un acte de transformation, une bougie allumée qui dissipe les ténèbres.

OUTILS :
Eviter les mauvais sorts

Nous ne sommes JAMAIS obligés d'ouvrir la porte à qui que ce soit, ou quoi que ce soit.
Lorsque nous discernons qu'une personne manifeste de la malveillance à notre égard, voire manipule les énergies dans le but de nous causer du tort, la meilleure action à entreprendre est de ne pas laisser la peur s'installer. La peur pourrait créer des brèches dans notre protection énergétique

naturelle. Dans de telles situations, il est important de ne pas ouvrir la porte !

Nous accordons aux autres le pouvoir que nous choisissons de leur donner. Si nous croyons que notre vie est soumise à des sorts ou à des énergies négatives, nous renforçons cette croyance, et cela devient notre réalité. En un sens, c'est comme confier la clé de notre maison à quelqu'un d'autre.

Tout prend naissance en nous et a une signification subtile. Par conséquent, la solution réside aussi à l'intérieur de nous, et non à l'extérieur. Elle se trouve dans nos choix, nos prises de conscience et notre travail intérieur.

Ne permettons plus à autrui de détenir la clé de notre vie. Réaffirmons notre droit à notre propre espace en devenant les gardiens exclusifs de notre être intérieur. En reprenant ce rôle qui nous a toujours appartenu, nous redevenons les maîtres de notre propre destinée.

CHAPITRE 9
L'ombre ET la lumière !

Dès notre incarnation, nous entrons dans le jeu de la dualité, une expérience inhérente à notre existence terrestre. Cette dualité est une partie intégrante de ce "jeu" de la vie, ni bonne ni mauvaise en soi.

Notre corps physique incarne cette séparation, en nous séparant physiquement de ceux qui nous entourent. Bien que nous puissions atteindre un sentiment d'unité à un niveau intérieur, nous ne

L'expérience Méta-morph'Ose

pourrons jamais atteindre une union complète et absolue avec les autres tant que nous vivons ici, dans un corps matériel.

Notre incarnation a créé le concept du "je" pour participer à ce jeu, et notre retour à la source nous libérera de ce "je" et du jeu lui-même. Par conséquent, la dualité est incontournable, elle est un élément du tout, de la vie.
L'accepter telle qu'elle est plutôt que la juger est essentiel. Elle fait partie de notre réalité, et ne doit pas être source de haine envers les autres.
La dualité ne doit pas être confondue avec la guerre, mais plutôt comprise comme une coexistence de tout et de son contraire. Elle n'est négative que pour ceux qui la perçoivent ainsi, sinon elle est neutre.

Les expressions courantes en lien avec la lumière sont révélatrices : la lumière symbolise la connaissance. Diffuser la lumière signifie regarder la réalité en face, sans détourner le regard.
Cependant, parler seulement de lumière tout en ignorant l'ombre revient à vivre une expérience terrestre incomplète. Accepter l'ombre est un pas important dans notre cheminement spirituel.

Ainsi, diffuser la lumière implique également d'aborder l'ombre, tant celle qui réside en nous que celle qui nous entoure. C'est être capable d'observer les liens qui nous emprisonnent pour les dissoudre.

L'expérience Méta-morph'Ose

Ceux qui ne voient pas les formes d'autorité sournoises sont souvent ceux qui n'ont pas encore rompu leurs propres chaînes intérieures.
Ils laissent les autorités extérieures diriger leurs choix, paroles et pensées, par besoin de sécurité. Nous pouvons transmuter nos prisons intérieures, et en ouvrant la porte, devenir des êtres libres, peu importe les circonstances extérieures.
Mais en modifiant notre expérience, nous pouvons aussi influencer les règles du jeu au fil de nos choix.

Rappelons-nous qu'un changement dans le monde commence par un changement en nous. En pansant nos blessures intérieures, en faisant des choix courageux, en assumant nos ressentis profonds et en partageant nos expériences, nous pouvons éclairer notre propre intérieur et, par extension, illuminer le monde extérieur.

OUTILS :
Développer et maîtriser ses capacités

Pour développer nos dons, l'approche la plus efficace est de lâcher prise, et je parle ici d'une acceptation totale qui englobe chaque aspect de notre être :
- Laisser derrière nous le poids du passé.
- Cesser d'essayer de contrôler un futur incertain.
- Accueillir le présent tel qu'il se présente.

L'expérience Méta-morph'Ose

Pour maîtriser nos nouvelles capacités, un processus d'apprentissage est nécessaire. Il s'agit d'un cheminement relativement simple, une sorte de parcours de l'apprenti sage. Ce processus nous permet de réintégrer progressivement nos capacités innées. La première étape consiste à prendre conscience de nos capacités, en laissant aller tout ce qui entrave notre vision.

Pour résumer, cette démarche commence par l'activation de notre féminin sacré, symbolisant l'accueil et la réception de nos capacités. Ce féminin sacré ouvre la voie au masculin sacré, qui représente le courage d'utiliser nos dons.

Ce mariage harmonieux entre le féminin sacré et le masculin sacré est une expression de notre véritable essence. À ce stade, nous n'avons plus besoin de développer et de maîtriser nos dons, car ils font partie intégrante de notre être. Nous ne les possédons pas, nous les sommes, et ce sentiment d'unité avec nos dons reflète notre unité avec l'univers tout entier.

OUTILS :
Développer sa clairvoyance

Pour développer son intuition et sa clairvoyance, une pratique simple consiste à observer une photo et à noter les ressentis qui émergent.

En réalisant cet exercice en groupe, vous pourrez comparer les résultats obtenus. Pendant cette démarche, il est important de ne pas juger ou interpréter ce que vous voyez. Laissez-vous

L'expérience Méta-morph'Ose

simplement immerger dans les images et accueillez les informations qui vous parviennent, peu importe à quel point elles peuvent sembler dépourvues de sens à première vue.

Au fil du temps, vous constaterez que les pièces du puzzle commencent à s'assembler. Chaque détail, aussi insignifiant soit-il en apparence, révélera quelque chose d'important. Ce processus d'observation et de réception des informations peut sembler énigmatique au début, mais avec la pratique, vous découvrirez que nous possédons tous cette capacité innée.

CHAPITRE 10
La colère

La colère, une émotion souvent destructrice, affecte non seulement les autres mais aussi celui qui la ressent. Elle surgit face à des situations qui nous échappent, à des comportements ou événements incompréhensibles. Toutefois, la colère n'apporte aucune résolution et peut même empirer les choses. Cette émotion, lourde en énergie, nourrit les égrégores de tension qui attendent une occasion pour se déchaîner. C'est pourquoi nous utilisons des expressions comme "j'ai perdu le contrôle", "je me suis laissé emporter", car en colère, nous nous éloignons temporairement de notre sagesse intérieure.

Pour surmonter la colère, il est crucial d'accepter les différences et de reconnaître que les autres peuvent agir différemment de nous. Pardonner les

L'expérience Méta-morph'Ose

actions qui nous ont blessés est essentiel, car le passé ne peut être changé. Si nous désapprouvons un comportement, évitons de nous laisser envahir par la colère, laissons plutôt notre sagesse intérieure prendre la parole.

Contrôler sa colère ne signifie pas tolérer l'inacceptable, mais plutôt maintenir notre maîtrise de soi en toute circonstance. Si la colère surgit, acceptons de la ressentir (car la refouler l'aggrave), libérons-la de manière constructive et laissons-la passer.

La confiance en soi, une qualité partagée par tous les grands sages, les a guidés malgré les critiques et jugements qu'ils ont essuyés. Eux aussi ont eu des détracteurs, car semer la paix et la lumière expose à l'opposition.
Comme le disait Confucius, "Lorsque tu fais quelque chose, saches que tu auras contre toi ceux qui voudraient faire la même chose, ceux qui voudraient le contraire, et l'immense majorité de ceux qui ne voudraient ne rien faire".

La clé réside dans la confiance en soi. Le jugement d'autrui reflète davantage sa propre réalité que la nôtre. Ne laissons pas les critiques nous ébranler, car elles révèlent plus sur l'auteur que sur nous-mêmes.
La confiance en soi signifie être centré, agir sans chercher d'approbation, respecter les autres et soi-même. En cultivant cette confiance, nous

L'expérience Méta-morph'Ose

dissolvons la jalousie, la culpabilité et la peur, et les remplaçons par l'amour, la paix, la joie et la foi. Reprenons notre pouvoir et exprimons pleinement notre authenticité.

OUTILS :
Echelle des émotions

Echelle des émotions selon Abraham Hicks :
1. Joie/Connaissance/Autonomisation/Liberté/Amour/Appréciation
2. Passion
3. Enthousiasme/Ardeur/Bonheur
4. Attente positive/Foi
5. Optimisme
6. Espoir
7. Contentement
8. Ennui
9. Pessimisme
10. Frustration/Irritation/Impatience
11. Accablement
12. Déception
13. Doute
14. Souci
15. Blâme
16. Découragement
17. Colère
18. Vengeance
19. Haine/Rage
20. Jalousie
21. Insécurité/Culpabilité/Manque de mérite

L'expérience Méta-morph'Ose

22.
Peur/Chagrin/Dépression/Désespoir/Impuissance

La crise de guérison, bien que potentiellement douloureuse, est un processus naturel et bénéfique. Durant cette période, nos maux, symptômes et émotions négatives semblent s'intensifier. Le corps peut devenir douloureux et l'esprit fragile. On peut alors se sentir vulnérable, diminué. Néanmoins, cette crise est une occasion merveilleuse de purifier l'âme et le corps, une régénération complète de nos cellules et de nos énergies. Elle peut se manifester émotionnellement sous forme de déprime, insomnie, angoisse, fatigue, doute, etc.

Face à la crise de guérison, célébrons cette purification et acceptons ce processus qui nous renforce et nous élève. Elle survient après une prise de conscience, une initiation ou un soin, contrairement à la maladie qui se répète sans cesse pour nous transmettre un message. Cette distinction est cruciale.

La crise de guérison libère l'être, tandis que la maladie l'emprisonne.
La culpabilité, quant à elle, est une émotion qui nous ronge de l'intérieur, nous empoisonne et nous enferme. C'est une forme d'auto-punition. En y cédant, nous vivons dans le passé, lui donnant une importance démesurée qui peut nous accabler.

L'expérience Méta-morph'Ose

Le seul antidote à la culpabilité est l'acceptation. Voyons nos erreurs comme des indicateurs de qui nous voulons être et du chemin à suivre. En faire des enseignements favorise notre évolution. La culpabilité ne construit rien, elle nous dégrade.
Reconnaître nos erreurs et s'en excuser est bien plus constructif que de s'enfoncer dans la culpabilité sans fin.
Ainsi, la crise de guérison et l'acceptation de nos erreurs sont des passages nécessaires vers un bien-être et une évolution personnelle, tandis que la culpabilité et la résistance au processus peuvent entraver notre croissance intérieure.

La dualité est une caractéristique fondamentale de notre monde, où chaque chose a son opposé. Cette dualité nous permet de nous définir, de nous positionner et de faire des choix. En acceptant que notre balance intérieure puisse osciller entre les extrêmes, nous pouvons trouver le juste équilibre en expérimentant différentes perspectives.

La gratitude, liée au principe de l'attraction, nous rappelle que nous attirons à nous des expériences qui vibrent à notre niveau énergétique. En remplaçant les pensées de manque par des affirmations positives, nous alimentons notre vie de choses positives. Étant donné que l'Univers répond à nos pensées, substituer les "je n'ai pas" par des "j'ai" renforce notre sentiment de gratitude et crée une réalité plus abondante.

L'expérience Méta-morph'Ose

La "langue des oiseaux" est une manière d'exprimer la puissance des mots. Chaque mot que nous prononçons possède une vibration propre qui affecte l'univers tout entier. L'idée est de découvrir le sens caché des mots pour mieux les utiliser.

Nos paroles sont créatrices, et la manière dont nous utilisons les mots a un impact sur la réalité que nous créons. L'Univers agit comme un écho et nous renvoie ce que nous émettons par nos paroles, pensées et actions.

La "langue des oiseaux" nous incite à être conscients du pouvoir des mots que nous choisissons. L'Univers fonctionne comme un aimant, renvoyant ce que nous émettons. Ainsi, nos paroles positives ou négatives trouvent un écho dans la réalité. Cette prise de conscience nous permet de devenir des alchimistes de notre propre vie en transformant nos expériences grâce aux mots que nous choisissons.

Cette magie des mots peut guérir, aider à soigner nos blessures émotionnelles, mettre en lumière nos émotions et nos désirs, et nous aider à éclairer notre chemin.

Apprendre à maîtriser la "langue des oiseaux" est un processus puissant, qui nous permet de devenir les artisans de notre propre vie en alignant nos pensées, paroles et actions.

L'expérience Méta-morph'Ose

En comprenant le pouvoir des mots et en choisissant avec soin comment nous nous exprimons, nous devenons capables de créer une réalité plus positive et épanouissante.

La loi d'attraction est un principe fondamental qui régit notre réalité. Nous attirons à nous ce que nous émettons, que ce soit positif ou négatif.
Nos énergies fonctionnent comme un aimant, renvoyant vers nous ce que nous projetons. C'est pourquoi il est crucial de veiller à ce que nos pensées, paroles et actions soient alignées et positives.
Les personnes optimistes et positives attirent naturellement des expériences similaires, tandis que les personnes négatives attirent des situations complexes. Nous créons notre réalité de l'intérieur vers l'extérieur.

La loi d'attraction agit comme un écho, créant notre réalité en fonction de nos vibrations. Elle nous offre également un miroir pour observer nos croyances et nos schémas internes. Elle nous invite à nous dépasser, à nous guérir et à nous transcender.

Lorsque nous rencontrons des situations désagréables, il est important de se demander quelles pensées ou croyances ont contribué à cette expérience. La loi d'attraction est un outil puissant qui mêle réalité et magie, nous aidant à créer consciemment notre vie.

L'expérience Méta-morph'Ose

La lune joue un rôle significatif dans nos émotions et notre croissance personnelle. La pleine lune agit comme un activateur émotionnel, éclairant nos parties sombres et mettant en lumière ce que nous évitons habituellement de voir.
Elle nous pousse à accepter ce que nous refusons et à transcender nos émotions. La lune décroissante nous encourage à nous tourner vers notre propre lumière intérieure, à lâcher prise et à trouver notre propre voie.

Le cycle lunaire est un miroir de notre propre transformation. La lune, par son influence sur les marées et les émotions, nous rappelle que nous sommes connectés à l'Univers.
La lune agit comme un guide, nous montrant le chemin vers la réconciliation avec notre part d'ombre. Elle joue un rôle clé dans notre évolution, tout comme chaque élément de l'univers a sa place.
Cette orchestration subtile n'est pas le fruit du hasard, mais plutôt le mécanisme d'une horloge cosmique bien plus grande que ce que nous pouvons imaginer.

CHAPITRE 11
La maladie

La maladie, tout d'abord, se manifeste lorsque nos corps énergétiques ne sont plus en harmonie. Notre corps physique est entouré de plusieurs couches subtiles connues sous le nom d'aura,

L'expérience Méta-morph'Ose

chaque couche étant liée principalement à un chakra. Lorsque nos pensées, paroles et actions sont en harmonie, nos énergies vibrent en cohérence. Les maladies naissent lorsque des blocages énergétiques apparaissent, perturbant le flux naturel d'énergie et créant un terrain propice à la maladie.

La prise de conscience de nos schémas de pensée et croyances erronées est le premier pas vers la guérison. Cependant, il peut y avoir des situations où malgré la compréhension intellectuelle, la guérison ne semble pas se produire. Parfois, une partie profonde de nous-même peut être attachée à nos maux pour des raisons complexes. Dans ces cas, il est essentiel de se faire aider, mais il ne faut jamais oublier que la véritable guérison émane de notre propre volonté et de notre amour envers nous-même.

La négativité peut profondément influencer notre expérience de vie. Ce ne sont pas les circonstances extérieures qui créent notre bonheur ou notre malheur, mais bien notre attitude intérieure. Notre état d'être, nos pensées, nos émotions, nos réactions, déterminent notre expérience. Les personnes qui se concentrent sur la négativité tendent à rester dans cette énergie, cherchant constamment ce qui ne va pas. En revanche, les personnes positives voient la beauté en toutes choses, transcendent les expériences

L'expérience Méta-morph'Ose

désagréables et trouvent des leçons dans chaque situation.

La négativité et la positivité sont des choix intérieurs qui influencent profondément notre réalité. En prenant conscience de nos schémas de pensée et en choisissant délibérément de focaliser sur le positif, nous pouvons transformer notre expérience et élever nos vibrations.
Chaque instant est une opportunité de choisir comment nous voulons vivre et percevoir le monde qui nous entoure.

La peur, souvent liée à un sentiment de séparation et de mortalité, émerge lorsque nous ne reconnaissons pas une expérience comme faisant partie de nous. La peur surgit envers ce que nous ne voulons pas accepter en nous.
Elle peut générer des doutes, une confusion et un manque de confiance en nous. Cependant, la peur peut être transformée en moteur de changement si nous choisissons de l'utiliser comme un indicateur de ce que nous devons travailler en nous. En confrontant nos peurs, nous pouvons les comprendre, les apprivoiser et les transcender en éclairant nos zones d'ombre avec notre propre lumière.

Accepter nos peurs sans jugement et les utiliser comme des guides pour notre croissance personnelle est un défi enrichissant. Lorsque nous

L'expérience Méta-morph'Ose

affrontons nos peurs, nous réunifions les parties de nous que nous avions rejetées auparavant.
Agir avec la même bravoure que nous avions enfant, en examinant nos peurs, en les comprenant et en les éclairant, peut nous aider à les dissoudre.

La prise de conscience est un pas vers des solutions pour de nombreux problèmes. Pour évoluer, il faut faire de nouveaux choix, investir en soi et ne pas se laisser guider passivement par les pensées et les rêves des autres.
Nous ne sommes pas de simples pions, mais plutôt les créateurs et les participants actifs dans le jeu de la vie.
En ce qui concerne la protection, il est crucial de comprendre que les énergies peuvent être manipulées dans différentes directions, tant positives que négatives. L'Univers répond à nos demandes, qu'elles soient conscientes ou inconscientes. Notre propre lumière agit comme une protection naturelle, et la peur crée des brèches dans cette protection.

Nous donnons aux autres et aux choses le pouvoir d'influencer notre énergie en fonction de ce que nous croyons. Lorsque nous réalisons que nous possédons le pouvoir de nous protéger et que rien ne peut nous atteindre sans notre consentement, nous renforçons notre invulnérabilité intérieure. La porte menant à nous-mêmes ne peut être ouverte que de l'intérieur, et nous choisissons si nous laissons entrer ou si nous la gardons close.

L'expérience Méta-morph'Ose

La responsabilité est un terme à double sens, et ces deux sens semblent presque en opposition. Toutefois, il est crucial de comprendre que notre véritable responsabilité réside dans notre guérison personnelle et dans notre alignement intérieur.
Transformer nos épreuves en enseignements est un choix salutaire.
Cela implique d'adopter l'art de la transcendance, en faisant de nos blessures les plus profondes des tremplins pour notre croissance. Pour cela, il est essentiel de prendre conscience que la souffrance découle souvent d'une absence de paix intérieure, enracinée dans les blessures de l'enfance.
Cependant, il ne s'agit pas de l'âme qui génère la souffrance, mais plutôt de nos expériences passées qui influencent nos façons de penser, parler et agir aujourd'hui.
Le moment clé de notre vie se trouve dans l'enfance, car c'est là que se forgent nos choix et nos réactions futures. Les blessures de cette période peuvent créer des failles, des peurs que nous chercherons inconsciemment à guérir à travers divers moyens, même si cela nous conduit parfois à des circonstances douloureuses.
Ces choix et réactions guidés par la peur peuvent être la source de nos expériences désagréables.

Toutefois, l'âme ne choisit pas délibérément la douleur comme voie de développement. Les expériences douloureuses ne sont que la manifestation extérieure d'un désalignement

L'expérience Méta-morph'Ose

intérieur et d'une absence de paix, résultant souvent de blessures non guéries. Les expériences extérieures sont le reflet de notre état intérieur.

La responsabilité prend tout son sens ici. Notre véritable responsabilité réside dans notre propre guérison et notre alignement intérieur. Si nous avons vécu des situations difficiles dans notre passé, il nous appartient de mettre fin à ces schémas de douleur.
Les expériences passées non résolues peuvent continuer à résonner et à attirer des circonstances similaires. La clé est de faire un travail intérieur pour nous libérer de ces entraves, afin de nous permettre de nous épanouir et de vivre pleinement. Une blessure non guérie peut devenir un aimant pour des expériences similaires, jusqu'à ce que nous trouvions les clés de notre propre guérison et que la paix intérieure prévale.
C'est dans cet engagement envers notre propre bien-être et notre guérison que la notion de responsabilité trouve sa signification la plus profonde.

La science, pour réellement progresser, doit s'allier à la conscience. Sans cette connexion, elle devient vide de sens. Actuellement, nous avons tendance à prendre des médicaments pour des maux physiques sans chercher à comprendre les causes sous-jacentes. Chaque maladie, aussi petite soit-elle, est le résultat d'un déséquilibre que nous ressentons. Ignorer cette connexion entre le

L'expérience Méta-morph'Ose

physique et le mental nous déresponsabilise et nous éloigne de nous-mêmes.

La science sans conscience nous transforme en sujets d'étude, en statistiques, en simples corps à analyser. Cette déshumanisation est un danger, car elle nous éloigne de notre essence et nous réduit à des machines. Pourtant, la clé réside dans notre capacité à travailler en amont, à identifier les sources des maux plutôt que de traiter uniquement les symptômes. Si la science ne permet pas toujours ce type d'approche, il nous incombe alors de faire ce travail en profondeur.

Il est temps de se reconnecter à nous-mêmes, d'écouter nos corps, nos émotions, et de comprendre ce que la maladie et les maux tentent de nous dire. La médecine de demain devrait se baser sur cette approche globale, en tenant compte du corps, du cœur et de l'âme. Nous avons le pouvoir de devenir des créateurs de notre propre santé, en travaillant main dans la main avec une science consciente.

Cette médecine holistique ne divise pas, elle relie. En nous recentrant sur nous-mêmes, nous permettrons à cette science en conscience de trouver sa place légitime. L'heure est venue de simplifier les choses, de briller de l'intérieur sans artifices ni masques. La véritable transmission de la lumière réside dans la simplicité et la transparence. Plus nous sommes simples, moins nous cherchons à convaincre ou à impressionner, et plus notre

L'expérience Méta-morph'Ose

lumière intérieure rayonne. L'humilité et la simplicité sont les piliers de la sagesse. Portons ce que nous aimons, apprenons ce qui nous passionne, mais faisons-le pour nous-mêmes et non pour le regard des autres. En cultivant cette authenticité, nous embrassons pleinement notre lumière intérieure.

La solitude peut être effrayante, car elle nous renvoie à la séparation originelle, lorsque nous avons quitté l'unité pour entrer dans l'individualité. Ce passage de l'Un au "je" a marqué le début de la solitude, souvent perçue comme une charge.
Pourtant, cette solitude offre l'opportunité de se plonger en soi-même, de véritablement s'écouter et de redécouvrir nos besoins et désirs profonds. C'est dans ces moments solitaires que nous pouvons enfin entendre les murmures de notre âme.
Le fait de craindre la solitude et de fuir cette expérience envoie un message inconscient selon lequel notre propre compagnie n'a aucune valeur. En réponse à cette croyance, l'Univers peut nous amener des situations et des personnes qui reflètent ce sentiment d'insignifiance.
On peut se retrouver entouré de personnes peu loyales, vivre des moments d'isolement et de malentendus, ce qui renforce encore davantage notre sentiment de solitude et crée de nouvelles peurs.
Cependant, il est essentiel de sortir de cette spirale descendante. Croire que notre existence dépend

L'expérience Méta-morph'Ose

du regard des autres est une erreur. Le "je" existe dans la relation à l'autre, mais notre essence véritable, qui dépasse l'ego, est au-delà de la séparation. La solitude ne doit pas être évitée, mais accueillie et explorée.

La solitude offre une opportunité de devenir notre meilleur ami, notre allié, notre confident et notre guide. C'est en étant seul avec soi-même que l'on peut cultiver la paix intérieure. Dans le silence, nous nous découvrons et apprenons à nous aimer. Lorsque nous sommes seuls, il n'y a plus de rôles à jouer, aucune nécessité de séduire ou de convaincre. C'est un moment de véritable liberté pour être authentiquement soi-même. En fin de compte, la solitude n'est pas vaincue en étant entouré de nombreuses personnes, mais en développant un amour profond pour soi.

Un point important à noter est que beaucoup d'individus éveillés ressentent la solitude. Il est crucial de réaliser que même si nous sommes nombreux à voir la vie de manière éclairée, l'éveil ne signifie pas nécessairement être déconnecté des personnes aux perspectives différentes. La solitude de l'éveillé prend fin lorsqu'il cesse de vouloir changer les autres et accepte le cheminement individuel de chacun. Avoir une vision similaire de la vie est agréable, mais l'évolution reste avant tout un voyage intérieur, de soi à soi, pour soi.

L'expérience Méta-morph'Ose

La souffrance doit être évitée autant que possible, car personne ne mérite de souffrir. Pour sortir de l'emprise des croyances collectives qui guident nos choix et pensées, et qui nous maintiennent dans l'illusion et la douleur, il est essentiel de s'élever au-dessus d'elles. Au-delà de ces croyances se trouve une compréhension véritable de l'expérience terrestre. Pour accéder à ce niveau, il faut se reconnecter à son cœur, car c'est là où se trouvent les réponses authentiques. Reprenons notre pouvoir de penser et d'être, car il n'a jamais été nécessaire de souffrir pour comprendre la vie (croyance collective), mais il est nécessaire de comprendre la vie pour ne plus souffrir (cœur).

La peur trouve sa source dans le sentiment de séparation. Pour surmonter la peur et s'approcher de l'amour, il est primordial de déconstruire cette base qui alimente la peur. Celui qui peut accepter la perte totale peut réellement trouver le bonheur, et celui qui comprend que nous sommes tous interconnectés accepte la notion de perte. C'est une approche fondamentale. En réalité, une énergie universelle nous anime tous, et lorsque nous perdons quelque chose, nous transformons simplement notre expérience. Tout n'est que transformation, car dans l'unité, rien ne disparaît et rien ne peut être vraiment perdu. Les expériences se transforment.

Les initiations liées à la séparation peuvent être douloureuses, mais elles nous aident à apprivoiser notre plus grande peur, nous libérant ainsi de nos entraves et nous permettant de grandir. Gardons

L'expérience Méta-morph'Ose

en tête que nous ne perdons jamais rien, nous transformons simplement l'expérience.

La véritable transformation implique la fin de comportements anciens, la dissolution de croyances erronées, la destruction de schémas néfastes et la libération d'anciens enfermements. Lâchons prise sur les habitudes qui nous gouvernent et nous limitent. N'ayons pas peur du changement, faisons de nouveaux choix, et surtout, osons. Souvenons-nous que le changement commence en nous.

C'est en s'engageant dans ce processus que nous pouvons véritablement transformer notre vie et évoluer vers une existence plus épanouissante et alignée avec notre véritable essence.

CHAPITRE 12
La vérité

La Vérité est multiple, et chaque être humain peut avoir sa propre vérité. Bien que certaines grandes lignes puissent se rejoindre, il existe une multitude de chemins et d'interprétations. Nos croyances sont puissantes ; en les nourrissant avec nos émotions, telles que la peur, l'amour, la tristesse et la joie, nous donnons vie à nos créations. Ainsi, une gamme d'émotions offre un éventail varié d'expériences de vie, allant de la lumière à l'obscurité.

De là naissent une diversité de créations, des plus positives aux plus sombres. Parfois, les vérités des individus s'unissent pour former un égrégore puissant, une sorte de champ énergétique collectif

L'expérience Méta-morph'Ose

qui manifeste ces croyances dans la réalité. Nos pensées, croyances et vérités peuvent se matérialiser tôt ou tard. Il peut même exister deux vérités opposées coexistant sans être fausses, car chacun vit dans la réalité qu'il a créée.

C'est pourquoi il est essentiel de réexaminer nos vérités, de se débarrasser de ce qui ne résonne pas avec nous, de rejeter ce qui nous emprisonne et de choisir de suivre notre propre boussole intérieure.

La visualisation créatrice est une puissante technique. L'attention et l'intention, lorsqu'elles sont conscientisées, ont un impact significatif. Dès que nous portons notre attention sur quelque chose, nous lui conférons de l'énergie, qu'il s'agisse de quelque chose de négatif ou de positif.

L'attention et l'intention sont comme des outils merveilleux, mais ils doivent être utilisés avec prudence. Si l'intention est dépourvue d'attention, nous risquons de répéter des schémas non bénéfiques. D'autre part, si l'attention ne se transforme pas en intention, nous pouvons nous sentir coincés dans la vie.

L'attention véritable émane du moment présent. Lorsque nous sommes pleinement présents, notre attention est concentrée ici et maintenant. L'intention aussi est ancrée dans le présent, car c'est seulement dans le présent que nous pouvons poser des intentions, même si leurs effets se manifesteront dans le futur.

Le présent est le temps qui compte le plus. C'est ici et maintenant que nous pouvons utiliser ces

L'expérience Méta-morph'Ose

merveilleux outils pour créer une vie épanouissante. Les soins énergétiques, par exemple, s'appuient sur ce principe d'attention et d'intention, en utilisant l'énergie pour influencer la réalité.

La zone de confort peut souvent se transformer en un espace de stagnation et de répétition. C'est une routine rassurante qui limite notre accès à d'autres facettes de la réalité. Il est important de noter que tout ce qui est en dehors de cette zone est souvent ce que nous refusons de reconnaître en nous, ce à quoi nous nous sentons séparés. Plus nos peurs sont nombreuses, plus notre zone de confort semble étroite et protectrice.
Pourtant, il peut suffire d'apporter un peu de lumière pour dissiper ces peurs, tout comme une ampoule allumée dans une pièce sombre transforme les ombres effrayantes en objets ordinaires. À chaque fois que nous faisons la paix avec ces parties obscures de nous-mêmes, notre zone de confort s'étend, et notre univers s'agrandit.
Pour élargir cette zone de confort et découvrir la magie de la vie sous toutes ses formes, il suffit d'oser. Oser explorer, agir, créer, choisir, décider, fermer une porte pour en ouvrir une autre... oser vivre, tout simplement.
Le vrai bonheur ne peut être trouvé qu'en sortant des schémas inconscients. Il réside en nous, source éternelle et intérieure. Aucun bonheur extérieur ne peut durer, car sa source est limitée. Néanmoins, il est important de ne pas se sentir

L'expérience Méta-morph'Ose

coupable de ressentir des émotions positives. Le bonheur authentique provient d'une source intérieure illimitée, dépourvue d'attentes, de contrôles ou de jugements. Autorisons-nous à être heureux ici et maintenant.
Le bouclier, bien qu'il puisse nous protéger, peut aussi nous voiler la lumière, nous isoler de la vie et nous priver de la joie. Plutôt que de se battre contre ce qui se présente, il est essentiel d'accepter et de réagir de manière constructive face à nos expériences. Se protéger peut en réalité nous enfermer et nous empêcher d'avancer. Pour lever ce bouclier, il est important de comprendre pourquoi nous l'avons érigé en premier lieu, et de qui ou de quoi nous cherchons à nous protéger. En prenant conscience de ces raisons, nous pouvons progressivement abandonner le poids du passé, des personnes ou des situations qui nous ont blessés. Nous pouvons choisir de reprendre les rênes de notre vie en brisant ce bouclier et en nous élevant, prêts à briller sans entraves. Bien que cela puisse prendre du temps, chaque prise de conscience fragilise le bouclier jusqu'au moment où il se brise complètement, laissant passer la lumière.

Le but du jeu de cette grande échiquier qu'est la Vie réside dans nos choix, décisions, envies, passions, mais aussi dans nos silences et nos peurs. Chaque pièce du jeu est bougée par nos actions et nos réactions, créant ainsi la somme totale de notre existence. Même ne pas prendre de décision est un choix en soi, car cela trace une

L'expérience Méta-morph'Ose

voie, bien que peut-être moins souhaitée. Même lorsque les pièces de notre vie ne sont pas où nous le voudrions, nous avons toujours le pouvoir de les déplacer, car ce jeu nous appartient et la partie continue.

La vie est composée d'une multitude de chemins, de parties, et nous en sommes les auteurs. C'est à nous de choisir entre l'amour et la peur, la joie et la souffrance, de nous positionner sur la case qui nous convient le mieux, ou même de changer de case si nécessaire.

Chaque individu est le centre de son propre monde. Tout ce que nous créons, vivons et expérimentons le faisons pour nous-même. Nous avons la responsabilité de guérir notre intérieur, de déterminer notre direction, de prendre nos décisions. Tout revient à nous comme un écho, car nous vivons dans le monde que nous avons créé.

Nos actions se déroulent par rapport à nous-même, et cela ne fait pas de nous des êtres égoïstes. C'est simplement la réalité que nous sommes le point central de notre propre existence. Même si cela peut sembler paradoxal, cette conscience ne nous isole pas, mais plutôt nous relie à l'Unité.

Les interactions avec les autres sont des outils d'évolution. À travers les autres, nous sommes guidés vers notre source intérieure, aidés à vivre nos émotions, et capables de guérir nos blessures en les reconnaissant chez autrui. Les échanges avec autrui sont ainsi nos reflets, nos miroirs, nous permettant de mieux nous connaître intérieurement. Ce que l'autre vit est ce que nous

L'expérience Méta-morph'Ose

vivons, car tout est lié à nous-mêmes. Cette compréhension nous rappelle que l'Unité est présente dans chaque interaction, chaque relation, chaque expérience de la Vie.

Le chemin de lumière est parfois moins évident à choisir que le chemin connu, car il exige du courage, de la créativité, de l'écoute de soi et de la foi. Souvent, par commodité, nous optons pour la familiarité, mais cela peut nous conduire à une existence monotone où les mêmes schémas se répètent. C'est un peu comme si nous tournions en rond.
Dans le meilleur des cas, notre vie peut sembler paisible, mais cela peut également nous conduire à l'ennui. Dans le pire des cas, notre vie peut être complexe, marquée par des épreuves qui se répètent inlassablement. Albert Einstein a souligné la folie de faire toujours la même chose en espérant des résultats différents.
Les esprits audacieux, eux, choisiront l'inconnu. Ils embrasseront le chemin dont le dessein n'est pas encore clair, une voie pleine de surprises, bonnes ou moins bonnes. Quoi qu'il en soit, c'est un choix pour l'innovation. C'est la voie qui incite à grandir, à se dépasser. Cependant, c'est également un chemin à créer, car il n'est pas tracé d'avance. Il nécessite que nous laissions s'exprimer notre potentiel créatif pour le parcourir.
Le chemin de lumière est le chemin du cœur. Parfois, il n'est pas visible à nos yeux, mais il est ressenti en nous. En revanche, la voie familière est

L'expérience Méta-morph'Ose

celle de l'esprit, qui peut mettre en veilleuse la boussole du cœur.

La bonne nouvelle est que rien n'est figé de manière permanente. Ainsi, nous pouvons choisir à tout moment d'emprunter le chemin de lumière. Souvent, il se révèle lorsque nous traversons des épreuves, des doutes, des douleurs. Il peut apparaître comme une issue de secours dans un tunnel sombre. Les moments de souffrance nous poussent souvent à faire de nouveaux choix. Néanmoins, plutôt que d'attendre d'atteindre de tels moments, agissons dès maintenant en prenant la décision de ne pas entrer dans le tunnel obscur.

OUTILS :
Les premiers pas vers notre intuition

Certaines personnes semblent avoir une connexion plus développée avec leur intuition que d'autres. Les clairvoyants en sont un exemple, mais ce n'est pas exclusif à eux. Ceux qui valorisent leur intelligence intuitive le font généralement parce qu'ils ont fait l'expérience de son efficacité à plusieurs reprises. Lorsque vous avez déjà écouté votre petite voix intérieure et que cela vous a apporté des résultats positifs, vous êtes enclin à lui accorder davantage de confiance, sachant qu'elle peut vous guider dans la bonne direction.

Chaque fois que nous suivons notre intuition, même sans l'avoir consciemment sollicitée, nous ouvrons davantage notre esprit à la possibilité de l'utiliser et de lui faire confiance. Être réceptif à

L'expérience Méta-morph'Ose

notre intuition signifie simplement que, en écoutant attentivement, nous retrouvons le chemin qui nous y connecte. La porte d'accès à notre intuition est déjà présente en nous, à proximité. Elle n'est pas verrouillée. Il suffit de l'ouvrir et d'accepter l'idée que notre intuition nous guide au mieux en accueillant, sans jugement, tout ce que nous "entendons" et ressentons.

L'intuition est souvent comme un fil subtil qui nous relie à des connaissances et des perspectives que notre esprit conscient peut ne pas encore avoir considérées. C'est une force puissante qui peut éclairer notre chemin de manière inattendue. En cultivant notre capacité à l'écouter et à lui faire confiance, nous sommes en mesure d'explorer de nouvelles dimensions de compréhension et d'expérience dans nos vies.

OUTILS :
Les premiers pas vers notre intuition

Accepter l'existence de l'intuition commence par la prise de conscience qu'elle réside en nous. Bien que cette idée puisse sembler évidente, elle n'est pas toujours facile à intégrer dans la pratique, car notre éducation ne nous a pas encouragés à faire appel à notre intuition et nous n'avons pas l'habitude de l'utiliser spontanément. Convaincre notre esprit rationnel de l'existence de l'intuition nécessite de lui fournir des preuves tangibles. Souvent, nous croyons seulement ce que nous voyons et ce que nous pouvons vérifier. Ainsi, pour

L'expérience Méta-morph'Ose

commencer à entendre notre petite voix intérieure et à lui accorder de l'importance, il faut avoir constaté à plusieurs reprises que certaines "premières impressions" se sont avérées justes. Cela signifie que l'expérience a confirmé nos intuitions à plusieurs occasions, ce qui encourage à écouter de plus en plus cette voix intérieure. À mesure que nous lui accordons de l'attention, elle se manifeste plus clairement.

Une façon de reconnaître l'intuition est lorsque nous prenons rapidement une décision sans trop réfléchir, parfois même sans savoir pourquoi, et que cette décision s'avère être la bonne. Ce sont des moments où nous agissons selon notre intuition. Ces expériences renforcent notre confiance en elle.

Il est important de noter que l'intuition ne nécessite pas toujours une explication logique immédiate. Elle puise dans une sorte de sagesse innée qui transcende souvent les processus de pensée conscients. En acceptant que l'intuition existe, en la nourrissant et en lui faisant confiance, nous pouvons développer une ressource puissante pour prendre des décisions, trouver des solutions et naviguer dans notre vie de manière plus alignée et équilibrée.

La télépathie, un terme qui a évolué au fil du temps, désigne un phénomène où un individu peut prendre connaissance du contenu de l'esprit d'une autre personne sans utiliser les sens communs. À noter que le terme "télépathie", moins employé au

L'expérience Méta-morph'Ose

milieu du XXIe siècle, avait été remplacé parfois par "communication intermentale" ou "cryptesthésie". Cependant, à partir des années 1970, le mot "télépathie" a retrouvé sa popularité.

L'étymologie du terme "télépathie" se compose de deux racines : "télé" du grec signifiant "loin", "à distance", et "pathie" du grec "Patheia", "Pathoes", "Pathos", signifiant "affection", y compris l'émotion. Le lien avec l'émotion est important dans ce contexte.

La télépathie désigne donc, selon les experts, des sensations, sensorielles ou psychiques, éprouvées par un individu en rapport avec un événement réel se produisant en même temps chez une autre personne, mais à une distance telle ou dans des circonstances qui rendent la connaissance de l'événement impossible matériellement. On parle également de "télépsychie" ou "métapsychie", synonymes de télépathie.

Dans ce domaine, nous sommes au cœur de l'émotionnel. L'émotionnel agit comme un véhicule, une énergie en syntonie avec une ou plusieurs personnes, permettant un contact télépathique. Une ou plusieurs personnes vibrent alors à la même fréquence (grâce aux émissions d'ondes de la pensée humaine).

Ainsi, la télépathie implique le transfert d'une information mentale entre deux personnes, voire plus. Cependant, une condition essentielle doit être remplie : la "syntonie" qui permet à deux ou plusieurs individus d'être en harmonie. Seulement

L'expérience Méta-morph'Ose

dans ce cas, la transmission de pensée peut avoir lieu et se manifester.

Les concepts de "sympathie", de partage idéologique, d'amour prennent toute leur importance entre les personnes pratiquant la télépathie. Toute expérience télépathique est efficace lorsque ces paramètres sont présents. Retenez bien cela.

OUTILS :
Exercices de Télépathie, avec les plantes

Pour réaliser avec succès cet exercice, préparez-vous en acquérant deux plantes parfaitement identiques. Vous pourriez opter pour des plantes d'appartement, par exemple. Suivez ensuite ces étapes pour mener à bien cette expérience fascinante.

    Choix des plantes et disposition: Placez vos deux plantes dans la même pièce. Assurez-vous qu'elles sont orientées de la même manière par rapport à la lumière du jour. Cette disposition permettra à chaque plante de recevoir des conditions similaires d'exposition à la lumière.

    Arrosage synchronisé: Arrosez vos plantes en même temps, avec le même volume d'eau et en suivant la même fréquence journalière. Cela garantira que les conditions d'arrosage sont les mêmes pour les deux plantes.

L'expérience Méta-morph'Ose

La plante privilégiée: Choisissez l'une des deux plantes pour la considérer comme votre "Privilégiée". Chaque fois que vous l'arrosez, envoyez-lui des pensées positives et aimantes. Visualisez-la s'épanouir, croître avec vigueur et beauté. Vous pourriez même parler à la plante mentalement en lui exprimant vos encouragements et vos vœux de croissance.

La plante témoin: Arrosez l'autre plante sans porter d'attention particulière à son égard. Ne lui adressez aucune pensée spécifique ni émotion.

L'observation des résultats: Au fil des jours, vous commencerez à remarquer une nette différence de croissance et d'apparence entre les deux plantes. La plante privilégiée, bénéficiant de vos pensées positives et de votre intention, devrait se développer plus vigoureusement et arborer une apparence plus florissante.

Rééquilibrage: Si vous constatez une grande disparité de croissance entre les deux plantes, soyez charitable envers la plante que vous avez délaissée. Commencez à lui accorder la même attention et les mêmes pensées positives que vous avez offertes à la plante privilégiée. Cette démarche vise à rétablir l'équilibre entre les deux plantes.

En réalisant cet exercice, vous démontrerez comment l'intention, la pensée positive et l'amour

L'expérience Méta-morph'Ose

peuvent influencer le monde vivant qui vous entoure. Il souligne également la façon dont l'énergie émotionnelle peut avoir un impact sur la croissance et la santé des organismes vivants. N'oubliez pas que cette expérience peut être étendue à d'autres domaines de votre vie où l'intention et les pensées positives peuvent jouer un rôle puissant.

OUTILS :
Exercices de Télépathie, avec les animaux :

Pour cette expérience, il est essentiel de comprendre que les animaux possèdent une sensibilité et une réceptivité différentes de celles des humains. Voici comment vous pouvez améliorer et poursuivre l'exercice pour tenter d'établir une communication télépathique avec votre chien de manière plus efficace.
Préparation et Sensibilité: Avant de commencer, assurez-vous d'être dans un état de calme et de relaxation. Les animaux, notamment les chiens, sont sensibles aux émotions et à l'énergie que vous dégagez. Vous voulez transmettre des émotions positives et apaisantes.
Formulation précise: Au lieu d'utiliser des ordres simples, essayez de transmettre vos pensées d'une manière plus complète et sensorielle. Par exemple : "Rex, je t'invite à me rejoindre ici, à partager ce moment avec moi. Viens, nous pourrions profiter d'une agréable compagnie ensemble."

L'expérience Méta-morph'Ose

Visualisation et Émotion: Asseyez-vous confortablement dans une autre pièce et commencez à visualiser clairement votre chien, Rex. Imaginez-le marchant dans la pièce, s'approchant de vous avec curiosité et enthousiasme. Ressentez l'amour que vous avez pour lui, ainsi que la joie que vous éprouveriez s'il venait vers vous.

Projection d'émotion: Concentrez-vous sur l'émotion positive que vous ressentez en présence de votre chien. Projetez cette émotion dans votre visualisation. Imaginez que votre amour et votre joie se transmettent à Rex à travers votre intention télépathique.

Patience et Répétition: Restez dans cet état d'esprit pendant quelques minutes. Ne soyez pas frustré si les résultats ne sont pas immédiats. La communication télépathique nécessite parfois de la patience et de la pratique. Répétez l'exercice à différents moments de la journée et sur plusieurs jours pour éliminer tout facteur de hasard.

Observation des Réactions: Après chaque session, observez le comportement de votre chien. S'il commence à se déplacer vers vous ou manifeste une curiosité inhabituelle pour votre position, cela peut être une réponse à votre tentative de communication.

Renforcement positif: Si votre chien réagit positivement à votre tentative de communication, renforcez ce comportement en le récompensant. Offrez-lui une friandise ou un geste affectueux pour

L'expérience Méta-morph'Ose

renforcer l'association positive entre vos tentatives télépathiques et sa réaction.

Apprentissage mutuel: Souvenez-vous que la communication télépathique avec les animaux est un processus d'apprentissage mutuel. Plus vous vous familiarisez avec les réactions et les comportements de votre chien, plus vous serez en mesure d'affiner vos tentatives de communication.

Rappelez-vous que chaque animal est unique, et certains pourraient être plus réceptifs que d'autres. Soyez bienveillant, respectez le rythme de votre chien et profitez de cette expérience pour renforcer le lien spécial qui vous unit.

Pourquoi voulez-vous servir l'humanité, quel est votre idée ?

Si vous voulez aider l'humanité, le monde ou l'univers, la seule chose à faire et que cette petite quantité-là soit entièrement donnée au Subtil.

Pourquoi le monde est-il pas Subtil ?...

Il est clair que le monde n'est pas en ordre.

Alors la seule solution au problème est de donner ce qui vous appartient, pas seulement pour vous-même mais pour l'humanité, pour l'univers.

Comment voulez-vous aider l'humanité ? Vous ne savez même pas ce qu'il lui faut ! Peut-être savez-vous encore beaucoup moins quelle puissance vous servez.

- Comment pouvez-vous changer quelque chose sans justement avoir changé vous-même ?

L'expérience Méta-morph'Ose

En tout cas, vous n'êtes pas assez puissant pour le faire.
- Comment voulez-vous aider un autre si vous n'avez pas une conscience plus haute que lui ?

En fait la première humanité qui vous concerne, c'est vous-même.

Vous voulez atténuer la souffrance, mais à moins que vous ne puissiez changer la capacité de souffrir en une certitude d'être heureux, le monde ne changera pas.

Ce sera toujours pareil, on tourne en rond – une civilisation suit l'autre, une catastrophe suit l'autre.

Mais la chose ne change pas, parce qu'il y a quelque chose qui manque, quelque chose qui n'est pas là : c'est la conscience.

C'est tout.

« Utilisez la lumière qui vous habite, et vous retrouverez une vision claire ».

Les 7 initiations qui mènent à l'éveil

- 1 ère étape reliée au chakra racine : « Ne plus trouver sa place dans ce monde »

Cette initiation est déstabilisante, parfois même angoissante. C'est durant cette période que l'on s'aperçoit que notre métier ne nous va plus, que nos amis ne nous correspondent plus, que notre conjoint ne nous fait plus vibrer, que nos passions se ternissent. Parfois, nous n'avons plus goût à rien, on peut se sentir seul et perdu, nous sommes souvent dans le jugement, la négativité.

Clé de cette étape : « La prise de conscience »

L'expérience Méta-morph'Ose

- 2 ème étape reliée au chakra sacré : « Découvrir un nouveau monde »
Cette initiation est agréable, bien que l'on se sente un peu éparpillé et confus. C'est durant cette période que l'on voit clairement ce qui nous va, ce que l'on veut, ce qui résonne en nous, c'est à ce moment que nous apparaît notre chemin de vie, nos envies, notre plaisir. Nous commençons à reprendre goût à la vie, nous voyons la lumière à la sortie du tunnel, mais celle ci peut nous sembler lointaine et encore inaccessible. La visualisation créatrice s'installe.
Clé de cette étape : « Le changement intérieur »
- 3 ème étape reliée au chakra plexus : « Créer ce nouveau monde »
Cette initiation demande beaucoup d'énergie et de centrage, elle peut être fatigante mais aussi vivifiante. C'est durant cette période que l'on commence à changer nos habitudes, que l'on ose de nouveaux choix, que l'on agit afin de créer une nouvelle réalité. Nous nous rapprochons de la lumière qui nous attire tant, nous tendons la main à nos envies, nous créons pour notre plaisir, nous changeons pour notre plus grand bien. La confiance en soi augmente.
Clé de cette étape : « Le changement extérieur »
- 4 ème étape reliée au chakra cœur : « Jouir de ce nouveau monde »
Cette initiation est comme une bouffée d'amour, une période de bien être extérieur et de paix intérieure. C'est durant cette période que nous nous installons confortablement dans notre

L'expérience Méta-morph'Ose

nouvelle vie, nous sommes fiers de notre création, elle a amené à nous de belles choses, de nouvelles rencontres, notre cœur peut maintenant se ré-ouvrir et s'épanouir librement, le fluide guérisseur se libère. Nous apprécions, nous aimons, nous vivons dans la lumière, nous sommes comme sur un petit nuage.

Clé de cette étape : « La ré-ouverture du cœur »

- 5 ème étape reliée au chakra gorge : « Échanger avec les autres mondes »

Cette initiation est celle de la maturité, de l'échange, du non jugement. C'est durant cette période que l'on accepte le monde des autres, on ne juge plus on observe. La parole devient d'or, nous ressentons l'envie d'aider, d'apaiser les maux. Tout en profitant et jouissant de notre vie si agréable, nous avons envie de partager et guider autrui vers la même destination, la même lumière. Nous partageons nos expériences, nous communiquons librement, nous affirmons notre place ici bas. Notre Verbe créateur prend tout son sens.

Clé de cette étape : « L'acceptation des différences »

- 6 ème étape reliée au chakra 3ème œil : « Voir les constructions des divers mondes »

Cette initiation est celle de la clairvoyance, tout devient évident, visible, palpable. Les mécanismes des autres et les nôtres deviennent visibles, les ficelles nous apparaissent, les expériences sont évidentes. L'intuition se développe et notre compréhension de la vie devient innée. Notre

L'expérience Méta-morph'Ose

capacité à enseigner et véhiculer la lumière se réveille et se révèle jour après jour. Nous voyons ce que nous ne pouvions voir auparavant et cela nous permet de comprendre la vie sous toutes ses formes, avec paix et amour. Nous avons le recul nécessaire pour voir et comprendre, notre intuition devient notre meilleur guide. Nous nous rapprochons de la notion d'Unité, nous la voyons et l'expérimentons de temps à autre.
Clé de cette étape : « S'écouter »
- 7 ème étape reliée au chakra couronne : « Éclairer le monde »
Cette initiation est la plus grandiose, c'est à ce moment que l'on devient un véritable émetteur de lumière. Nous savons qui nous sommes, nous avons détruit tous nos enfermements et nous vivons dans l'être-té. Nous ne cherchons plus la lumière car nous sommes devenu lumière, notre simple présence éclaire les chemins, les voies, notre être apporte la joie et la sérénité par sa simple présence. Nous ne sommes plus dans l'action ou la réception, mais simplement dans le mariage sacré de nos deux parties divines. Notre canal de lumière est entièrement ouvert et purifié, nous faisons l'expérience de l'Unité.
Clé de cette étape : « Être »
Nous sommes tous amenés à vivre quelques unes de ces étapes, peut-être même toutes pour certains.

Votre cœur vous dictera vers quelle initiation vous vous dirigez, et celles dont vous avez su extraire la

L'expérience Méta-morph'Ose

clé et dont vous vous servez jour après jour pour vous rapprocher de votre divinité.

Les missions de vie

Nous possédons tous une énergie qui prédomine et reflète notre mission de vie, cela peut être l'enseignement, la guérison, l'alchimie, la protection de la nature, des animaux...

C'est un aperçu de notre voie, si nous la choisissons.

A ce propos, voici les 9 familles répertoriées par Marie Lise Labonté dans son livre "les familles d'âmes", livre très intéressant:
- La famille des maîtres
- La famille des guérisseurs
- La famille des guerriers guérisseurs
- La famille des chamans
- La famille des guérisseurs enseignants
- La famille des guerriers
- La famille des alchimistes-fée
- La famille de la communication
- La famille des enseignants
- La famille des passeurs
- La famille des initiateurs de conscience
- La famille des piliers
- La famille des mécaniciens
  - Quelle voie nous attire le plus ?
  - Quel chemin nous met des papillons dans le ventre ? Et prenons-le !

Ne nous limitons pas à une seule catégorie alors que l'expérience peut être grandiose et sans limite.

Faisons ce que l'on veut, là est notre chemin, allons où le plaisir est le plus grand.

L'expérience Méta-morph'Ose

C'est ainsi que l'on est sûr de ne pas se tromper, en évaluant le plaisir que l'on prend à aller dans une direction.

OUTILS :

Votre Famille d'âme : Lisez le livre les familles d'âmes

Laissez votre famille d'âme s'imposer à vous, naturellement, vous saurez ♠.

SUPER-HÉRO DE L'ÂME

"Les gens s'imaginent qu'il faut des « méthodes » extraordinaires pour arriver, ou des super-gourous, mais ce n'est pas cela du tout!

On peut se servir de n'importe quelle méthode, même la plus absurde, pourvu qu'on y mette son cœur avec sincérité on est sûr d'arriver, parce que c'est l'âme qui se sert de la méthode, comme d'un jouet d'enfant, pour émerger à la lumière – et quand elle commence à sortir de sa cachette, il n'y a plus besoin de méthodes ni de rien, ça chante tout seul.

La méthode, ou le gourou, c'est seulement un bâton de pèlerin pour se mettre en route – mais il faut se mettre en route, c'est tout, peu importe quel moyen."

L'âme est un concept complexe et mystérieux qui a fasciné les penseurs, les croyants et les chercheurs à travers les âges. Bien que sa nature exacte demeure insaisissable, l'âme est souvent décrite comme l'essence intérieure et transcendante de l'individu, conférant une profondeur et une signification à l'existence humaine.

L'expérience Méta-morph'Ose

Dans de nombreuses traditions spirituelles et religieuses, l'âme est perçue comme une étincelle divine, un lien sacré entre l'humain et le divin. Cette essence intérieure est souvent considérée comme immortelle, capable de transcender la réalité matérielle et de poursuivre son voyage bien au-delà de la vie terrestre.

La quête de compréhension de l'âme a donné lieu à des réflexions philosophiques profondes et à des interprétations variées. De Platon à Descartes, de la spiritualité orientale à la mystique occidentale, des spéculations ont émergé quant à savoir si l'âme est intrinsèquement liée au corps, si elle peut évoluer au fil des existences ou si elle est en communion avec une réalité transcendante.

Au fil des siècles, les avancées scientifiques ont suscité des questions sur la nature de l'âme et sa relation avec la conscience. Alors que la psychologie et la neurologie explorent les mécanismes de l'esprit, certaines personnes continuent de trouver des preuves de l'existence de l'âme dans des expériences subjectives, des récits de mort imminente et des phénomènes paranormaux.

En fin de compte, la question de l'âme demeure un voyage intérieur et extérieur. Qu'elle soit conçue comme une flamme spirituelle, une énergie vibrante ou une source de conscience, l'âme continue d'inspirer l'humanité à explorer la signification profonde de la vie, de la mort et de notre place dans l'univers. Quel que soit le chemin

L'expérience Méta-morph'Ose

emprunté pour la comprendre, il est clair que l'âme reste un domaine de réflexion riche et intemporel.

Marier son intérieur
À présent, il est temps d'apprendre à harmoniser les énergies masculines authentiques, celles qui ne se résument pas à ce que l'on voit ou que l'on croit. En réalité, l'homme sacré incarne l'amour et la protection, il élève et inspire ; il n'enferme ni ne diminue.
Notre femme intérieure est celle qui accueille et guide, tandis que l'homme intérieur vient soutenir la femme, écoutant sa guidance, et ensemble ils progressent, main dans la main.
Ce mariage sacré est une merveille, où l'amour unit notre homme intérieur et notre femme intérieure. Dans cet état d'unité, les jugements s'effacent, et l'accueil devient naturel grâce à la femme sacrée, tandis que l'action est teintée de bienveillance grâce à l'homme sacré.
Ces deux pôles résident en chacun de nous, et lorsque, en tant que femme, nous condamnons l'homme, le catégorisons, l'abhorrons, nous rejetons inconsciemment notre propre homme intérieur, créant ainsi un déséquilibre. Les conséquences se manifestent par des complications dans les relations, des difficultés à concrétiser des projets, un sentiment de vulnérabilité, et bien d'autres.
En revanche, une femme qui sait percevoir et ressentir la beauté de l'énergie masculine se sentira entière et épanouie.

L'expérience Méta-morph'Ose

Tout ce que nous repoussons est une partie de nous que nous excluons. L'union du féminin et du masculin intérieurs est le chemin vers l'harmonie intérieure, la paix et l'amour.
Au-delà du simple mot "égalité", la vraie clé que nous devrions tous rechercher est "l'équité". L'équité consiste à apprécier l'autre dans sa singularité, à s'enrichir de ce que l'autre apporte, à s'aimer tels que nous sommes.
L'équité est la véritable source d'équilibre. Sans elle, l'égalité reste superficielle.
L'égalité, c'est demander à tous de tracer le même trait, tandis que l'équité, c'est respecter la trajectoire de l'autre et valoriser cette diversité. J'insiste, car sans équité, l'égalité demeure illusoire.

OUTILS :
Exercice pour faire la paix avec le masculin en nous

Passez en revue la liste des grands hommes de ce monde, une liste qui compte des milliers de noms tels que Bouddha, Nelson Mandela, Jésus, Albert Einstein, Confucius, Lao Tseu, votre grand-père, un ami, et bien d'autres.
Ensuite, choisissez une personne qui, selon votre cœur, incarne à la perfection l'idéal de l'homme grand, empli d'amour et de bienveillance.
Visualisez-vous face à cet être, qu'il soit encore en vie ou non. Laissez-vous engager dans un dialogue avec cette âme inspirante. Permettez-lui de vous

L'expérience Méta-morph'Ose

partager ses choix, les fondations qu'il a posées ici-bas pour un avenir meilleur. Laissez-vous guider par cette merveilleuse présence, et laissez l'amour naître envers cet homme exceptionnel.

Ouvrez-vous à cette énergie masculine, accueillez cet homme au plus profond de vous. En suivant cette démarche, vous vous ouvrirez à l'essence sacrée de l'homme. Vous vous réconcilierez avec la nature masculine en général, car reconnaître la lumière, c'est ouvrir son cœur, et percevoir la beauté, c'est aimer. Écoutez alors avec attention les enseignements précieux que ces hommes remarquables nous ont légués, et vous trouverez la paix en vous-même (vous-même, vous-m'aime).

Si vous êtes un homme et que ce sont vos relations avec les femmes qui vous posent problème, si vous les jugez, les étiquetez, et ne voyez en elles que des aspects négatifs, ce message s'adresse également à vous. Inversez simplement les rôles, placez-vous à la position de l'homme jugeant la femme, et laissez ces paroles résonner tout autant en vous.

En coupant vos liens avec vos énergies féminines, vous créez un déséquilibre dans votre existence. Cela peut engendrer des difficultés à écouter votre voix intérieure, à faire des choix bénéfiques, à maintenir des relations harmonieuses au sein du couple, ainsi qu'une rupture dans la communication et bien d'autres perturbations dont la liste est longue.

L'expérience Méta-morph'Ose

Reproduisez maintenant l'exercice que nous avons proposé précédemment. Prenez le temps de dresser une liste des grandes femmes qui ont marqué ce monde. Ensuite, entrez en contact intérieur avec l'une d'entre elles. Cette démarche vous aidera à renouer avec votre côté féminin sacré, à vous réconcilier avec cette part essentielle de vous-même.

Cet équilibre est également valable pour les femmes qui éprouvent des difficultés avec d'autres femmes et qui tendent à surexprimer leurs énergies masculines. De même, il concerne les hommes qui rencontrent des problèmes avec leurs pairs masculins et qui amplifient de manière excessive leurs énergies féminines.

La clé réside toujours dans l'équilibre.

Il est grand temps de mettre fin à cette guerre intérieure, de privilégier les notions d'équité et de respect plutôt que de lutte et de division. Nous ne progresserons pas en nous opposant les uns aux autres. Cette bataille est alimentée par l'ancien monde, qui est en train de s'éteindre. Une grande majorité d'entre nous aspire à la paix.

Je chéris et aime l'homme en moi autant que la femme en moi. Je suis le reflet de ce couple sacré et divin.

Ainsi, prenons le temps de nous réconcilier et de nous aimer les uns les autres. C'est dans cette harmonie que réside notre véritable pouvoir et notre capacité à créer un monde empreint de paix et d'amour.

L'expérience Méta-morph'Ose

Libération intérieure, suite :

> Après l'identification et l'acceptation vient le processus de guérison : Une fois que nous avons mis en lumière nos blessures et accepté nos émotions, il est temps de guérir. La guérison ne signifie pas oublier ou effacer le passé, mais plutôt transformer nos expériences douloureuses en enseignements et en force. C'est un travail profond qui nécessite souvent du temps et de la patience. Nous pouvons recourir à diverses méthodes pour cela, comme la méditation, la thérapie, l'expression créative, l'écriture, et bien d'autres. L'essentiel est de créer un espace sécurisé où nous pouvons revisiter nos blessures et les soigner avec amour et compassion.
>
> Ensuite, vient le lâcher-prise : Pour se libérer véritablement, il faut être prêt à lâcher prise. Lâcher prise ne signifie pas abandonner ou ignorer, mais plutôt cesser de s'accrocher à nos souffrances et à nos histoires passées. C'est reconnaître que nous ne sommes pas nos blessures, mais des êtres en constante évolution. Lâcher prise implique de laisser aller les jugements, la colère, le ressentiment et toutes les émotions négatives qui nous retiennent. C'est comme relâcher une main crispée pour ouvrir notre paume et laisser l'énergie circuler librement.

L'expérience Méta-morph'Ose

Enfin, la transformation et la réintégration : Au fur et à mesure que nous progressons dans ce processus, nous transformons nos souffrances en sagesse. Les leçons que nous avons tirées de nos expériences douloureuses deviennent des guides pour notre cheminement futur. Nous intégrons ces enseignements dans notre être et devenons plus forts, plus résilients et plus compatissants. La réintégration consiste à accepter toutes les parties de nous-mêmes, même celles que nous avons longtemps repoussées. C'est devenir entier en acceptant notre lumière autant que notre obscurité.

En suivant ces étapes – identification, acceptation, guérison, lâcher-prise et transformation –, nous pouvons réaliser une libération intérieure profonde et durable. Nous ne sommes plus enchaînés par nos souffrances passées, mais libres de créer un présent et un futur empreints de paix, d'amour et de croissance.

L'identification est la lampe torche qui pointe nos chaînes, l'acceptation est la lumière qui se dégage de la lampe torche, le pardon est la main qui retire les chaînes qui entravent nos pieds, l'évolution est le premier pas que l'on s'autorise à faire, et maintenant nous arrivons à l'étape finale : la transformation et la renaissance.

La transformation est une danse intérieure avec notre être profond :

L'expérience Méta-morph'Ose

Au fur et à mesure que nous libérons nos blessures et que nous nous ouvrons à l'amour et au pardon, nous transformons notre essence même. Nous sommes comme la chenille qui se métamorphose en papillon. Les vieilles croyances limitantes et les schémas négatifs cèdent la place à de nouvelles façons de penser, de ressentir et d'agir. Notre perspective s'élargit, nos émotions s'équilibrent et notre lumière intérieure brille plus intensément.

Ensuite vient la renaissance, une nouvelle naissance de soi :

À ce stade, nous sommes comme le phénix qui renaît de ses cendres. Nous nous libérons des fardeaux du passé et des limitations qui nous retenaient. Nous nous découvrons sous un nouvel angle, alignés avec notre véritable essence. Les choses qui nous tourmentaient ne nous dominent plus. Nous avons émergé plus forts, plus sages et plus enracinés dans notre être authentique.

Enfin, la pratique constante de l'amour de soi :

La libération intérieure est un voyage continu. Nous continuons à identifier, accepter, pardonner et transformer. Nous nous efforçons de cultiver un amour inconditionnel envers nous-mêmes, car c'est dans cet amour que nous trouvons la paix et l'épanouissement. Nous sommes attentifs à nos pensées, nos émotions et nos actions, et nous choisissons consciemment de nous aligner avec ce qui nourrit notre âme.

En suivant ces étapes, nous embrassons pleinement notre potentiel de libération intérieure.

L'expérience Méta-morph'Ose

Nous sommes capables de briser les chaînes du passé, de guérir nos blessures et de renaître en tant qu'êtres authentiques et rayonnants. La libération intérieure est un acte de courage et d'amour envers soi-même, un voyage vers la véritable liberté et l'épanouissement.

Le Contrôle et la Maîtrise
Le contrôle, cette quête frénétique de maîtrise sur les circonstances, les personnes et les événements, peut se transformer en une épreuve épuisante et angoissante. C'est comme vouloir empoigner le vent ou contenir les marées avec nos mains. Le contrôle est l'illusion d'une sécurité qui se dérobe à mesure que nous la poursuivons.
En effet, plus nous cherchons à tout contrôler, plus nous nous éloignons de la réalité fluide de la vie. Le monde est en perpétuel mouvement, tout change constamment. Et dans cette danse du changement, le contrôle n'est qu'un faux pas qui nous fait trébucher. Il nous éloigne du moment présent, de la beauté du maintenant, et nous enferme dans un cercle vicieux d'anticipations et d'attentes.
Le contrôle nous pousse à accumuler des fardeaux inutiles. Comme le marin qui essaie de retenir l'océan dans ses bras, nous nous épuisons à essayer de contenir l'incontrôlable. Cette lutte incessante nous vide de notre énergie vitale, nous laissant fatigués et déconnectés de notre propre essence.

L'expérience Méta-morph'Ose

La prise de conscience de ce besoin de contrôle est la première brèche dans ce mur illusoire que nous avons érigé autour de nous. C'est l'amorce d'une transformation profonde. Lorsque nous ouvrons les yeux sur notre désir de contrôler, nous permettons à la lumière de la conscience de pénétrer les ténèbres de notre peur.

Le lâcher-prise est le remède à cette soif insatiable de contrôle. C'est reconnaître que la vie n'a pas besoin de notre manipulation constante pour se dérouler. C'est apprendre à nager avec le courant au lieu de résister en vain contre lui. C'est accepter que les choses se déroulent comme elles doivent, même si ce n'est pas comme nous l'avions prévu.

Passer du contrôle à la maîtrise est un voyage intérieur. Cela signifie cultiver la maîtrise de soi, la capacité à rester centré et calme quelles que soient les circonstances extérieures. C'est reconnaître que notre pouvoir réside dans notre réaction aux événements, plutôt que dans notre tentative de les manipuler.

La maîtrise intérieure est la clé qui ouvre la porte à une vie plus paisible et épanouissante. Lorsque nous apprenons à maîtriser nos émotions, nos pensées et nos réactions, nous devenons des artisans de notre propre bien-être. Nous ne sommes plus à la merci des vents changeants, mais nous naviguons avec assurance sur les eaux de la vie.

La maîtrise intérieure se fonde sur la confiance en soi et la foi dans l'univers. C'est savoir que peu importe ce qui arrive, nous avons la capacité de

L'expérience Méta-morph'Ose

rester en équilibre. C'est reconnaître que la véritable sécurité ne réside pas dans le contrôle des événements extérieurs, mais dans notre capacité à rester centrés et en paix, quoi qu'il advienne.

Alors, abandonnons le fardeau du contrôle et embrassons la légèreté de la maîtrise. Libérés de nos chaînes illusoires, nous pouvons danser au rythme de la vie, sans peur ni résistance. C'est en lâchant prise que nous trouvons la véritable liberté, celle qui nous permet de nous épanouir et de vivre avec grâce et simplicité.

OUTILS :
Maîtriser l'autodiscipline et atteindre ses objectifs

Les Pièges de l'Autodiscipline
Pourquoi manque-t-on d'autodiscipline ? C'est une question qui hante souvent nos esprits lorsque nous luttons pour nous engager dans des comportements bénéfiques et productifs. La première raison de ce manque d'autodiscipline est souvent la mauvaise approche que nous adoptons. Nous cherchons à forcer les choses. Cette idée que seule une volonté de fer peut mener au succès nous amène à croire que nous sommes faibles si nous n'y parvenons pas.

Pourtant, la clé réside souvent dans la douceur plutôt que dans la force. L'autodiscipline ne devrait pas être une lutte constante, mais plutôt une pratique quotidienne basée sur la compréhension de soi et la bienveillance envers soi-même. En

L'expérience Méta-morph'Ose

essayant de forcer les choses, nous créons un rapport de force interne qui finit par épuiser notre énergie et notre motivation.

Pour développer l'autodiscipline de manière saine et efficace, voici quelques exercices qui peuvent t'aider :

Exercice 1 : Méditer sur sa respiration La méditation de la respiration est un excellent moyen d'entraîner ton cerveau à se concentrer. En revenant constamment à ta respiration, tu renforces ta capacité à focaliser ton esprit rapidement. Cela peut t'aider à rester concentré sur des tâches importantes et à éviter les distractions.

Exercice 2 : Pratiquer la pleine conscience La pleine conscience implique de percevoir consciemment les informations que nos sens nous apportent dans le moment présent. En développant cette pratique, tu deviens plus attentif à ton environnement, ce qui peut t'aider à mieux gérer les impulsions et à prendre des décisions plus réfléchies.

Exercice 3 : Accepter ses émotions Lorsque des émotions surgissent, il est essentiel de prendre une pause. Accepte leur présence, ressens-les, mais ne réagis pas immédiatement. L'envie de réagir impulsivement est forte, mais en créant une pause entre le ressenti et la réaction, tu peux mieux comprendre tes émotions et prendre des décisions plus éclairées.

Exercice 4 : Aligner ses actions et ses valeurs Agir en accord avec tes valeurs est une source puissante de motivation. Lorsque tu sais que ce

L'expérience Méta-morph'Ose

que tu fais est aligné avec ce que tu crois être juste, tu es plus enclin à agir de manière disciplinée. Prends le temps de réfléchir à tes valeurs et à la façon dont tes actions peuvent les refléter.

En cultivant ces pratiques, tu peux développer une autodiscipline qui repose sur l'écoute de toi-même, la conscience de tes émotions et l'alignement avec tes valeurs. Cela te permettra d'aborder l'autodiscipline d'une manière plus douce et plus durable, éloignée du rapport de force et de l'auto-critique. Souviens-toi que l'autodiscipline n'est pas synonyme de perfection, mais plutôt d'un engagement à grandir et à évoluer chaque jour.

Exercice 5 : Créer des rituels
Le cerveau a une préférence pour les habitudes plutôt que pour les nouveautés. Pour instaurer l'autodiscipline, il est donc nécessaire de développer des habitudes et de résister à l'envie d'abandonner, afin de permettre au cerveau de créer les connexions nécessaires. Cette étape consiste à réaliser les mêmes actions quotidiennes à la même heure.

Exercice 6 : Adapter son environnement
Utilise ton imagination pour apporter des modifications à ton environnement qui favoriseront ton autodiscipline. En ajustant les éléments de ton environnement, tu créeras un contexte propice à la concentration et à la maîtrise de soi.

Exercice 7 : Célébrer et se récompenser

L'expérience Méta-morph'Ose

N'oublie pas de célébrer tes réussites. Reconnaître tes progrès et te récompenser pour tes efforts est essentiel pour maintenir ta motivation. Ces petites célébrations renforceront ton engagement envers l'autodiscipline.

Résultat :

Comment as-tu vécu l'expérience de développer ton autodiscipline ? Quelles sont tes méthodes privilégiées pour te détendre ? Quelles pratiques d'autodiscipline as-tu mises en place ? Quelles approches fonctionnent le mieux pour toi ?

Lorsque tu réfléchis à ton parcours en matière d'autodiscipline, il est important de prendre en compte tes expériences, tes préférences et les méthodes qui ont été les plus efficaces pour toi. L'autodiscipline est une pratique personnelle et évolutive, et en explorant différentes stratégies et en adaptant celles qui te conviennent le mieux, tu peux développer une autodiscipline solide et durable.

Matérialiser ses pensées

N'oublions pas d'harmoniser nos pensées, paroles et actions, et de les lier par un acte de foi. En suivant ce processus, la magie de l'âme entre en action.

Mettre fin aux attentes

Lorsque nous nourrissons des attentes, nous créons une sorte d'échange où nous semons un souhait dans le cœur d'autrui en espérant récolter les fruits plus tard. Cette dynamique peut être

L'expérience Méta-morph'Ose

inconsciente. Cependant, l'autre arrosera cette graine uniquement s'il le souhaite et à son rythme, prenant soin d'elle s'il en ressent le désir, voire la rejetant.

Par conséquent, le fruit qui en émerge ne sera pas nécessairement conforme à nos espérances, mais plutôt en harmonie avec les inclinations du cœur de l'autre.

Cette récolte devient alors une finalité en soi. Nous attendons, parfois avec impatience, pour la récolter. Nos espoirs sont concentrés sur cette perspective, devenant un point focal dans notre horizon, donnant ainsi un sentiment d'existence.

Cependant, à l'arrivée de la récolte, la désillusion peut survenir si le fruit ne répond pas à nos attentes. En réalité, il est injuste d'exiger d'autrui de répondre exactement à nos souhaits, nos attentes et nos désirs. Cette demande équivaut à une tentative de contrôle, émanant de l'ego plutôt que du cœur.

L'attente, par nature, reflète un sentiment de manque. Éliminer ces attentes peut donner l'impression d'un vide, d'une perte. Cette croyance erronée laisse croire que sans attentes, la vie devient insipide. Pourtant, en soignant nos attentes, en exposant le vide qu'elles dissimulent, nous plantons une graine en nous-mêmes plutôt qu'à l'extérieur.

Ainsi, ce vide se transforme naturellement en amour, car il s'agit d'un espace à remplir en nous-mêmes. Les attentes révèlent souvent des

L'expérience Méta-morph'Ose

aspects à résoudre en notre propre être (soi m'aime).

C'est ainsi que nous pouvons mettre fin aux attentes, en remontant vers leurs sources : la blessure primordiale.
Lorsque nous accomplissons ce travail avec amour, nous comprenons que mettre fin aux attentes ne signifie pas la fin de quelque chose, mais au contraire, c'est une libération, une renaissance.
Rappelons-nous que les attentes font partie de notre condition humaine et de notre processus d'évolution.
Panser ses plaies
Chaque blessure émotionnelle peut être traitée et guérie. Pour cela, nous devons apprendre à détacher notre identité de la douleur, de "notre" souffrance comme on le dit souvent.
Il est crucial de débuter en acceptant la blessure que nous portons en nous. Ignorer sa présence ne fait que perpétuer son empreinte dans le livre de notre vie. En réalité, guérir implique de regarder en face ce que nous préférons ignorer. La guérison ne peut débuter qu'à partir de la reconnaissance.
Seul nous-mêmes pouvons nourrir nos blessures, tout comme nous sommes les seuls à nous autoriser à souffrir. Aucun autre individu ne peut guérir une blessure que nous choisissons, même inconsciemment, de maintenir ouverte. Nous avons la capacité de refermer cette plaie autant de fois que nécessaire, cependant, tant que nous nous y raccrochons, elle continuera de se rouvrir. C'est

L'expérience Méta-morph'Ose

semblable à une plaie physique : elle peut être traitée, mais si nous persistons à la toucher, à la gratter, elle tardera à cicatriser et pourrait s'infecter. C'est pourquoi le lâcher-prise est préconisé. Nous devons retirer nos mains de la blessure, la laisser guérir par elle-même. Certes, cela peut être intimidant, car refermer la plaie signifie également laisser derrière soi un fragment de notre vie, laisser partir des années de constructions. Cela équivaut à faire mourir une partie de soi pour mieux renaître.
C'est pour cette raison que nous nous rattachons à nos blessures. Parfois, les refermer est plus douloureux que de les laisser ouvertes.
À force de nous identifier à travers notre douleur, nous nous y attachons. L'idée de qui nous sommes sans cette blessure nous effraie, nous ne nous reconnaissons pas. De plus, parfois la blessure attire l'attention des autres, elle peut susciter de l'affection.

De plus, la douleur rend vivant. Elle pique et provoque une réaction en nous, ce qui engendre une sensation de vivacité. Lorsqu'il n'y a plus de douleur, le calme s'installe, le silence prend place, et alors, qui sommes-nous dans ce silence ?
Pour guérir et panser nos blessures, nous devons reconstruire à partir de zéro, ce qui peut être une tâche ardue.
Penser à construire une maison implique de poser une première brique. Cependant, lorsque l'on nous encourage à retirer cette première brique, car elle

L'expérience Méta-morph'Ose

est endommagée et nuit à notre maison, l'anxiété peut s'emparer de nous.

Nous craignons que l'ensemble de la maison s'effondre si nous retirons cette brique défaillante. C'est pourquoi, parfois, nous choisissons de la maintenir en place, même si elle nuit à notre bien-être intérieur.

Certes, retirer cette brique pourrait sembler risqué, mais il est important de noter que détruire peut aussi être le prélude à une meilleure reconstruction.

Nous nous sommes tellement identifiés à notre douleur que cette brique/blessure semble cruciale pour la stabilité de notre maison intérieure, et nous ne pouvons envisager de vivre sans elle.

Réviser ce mécanisme, le démanteler et reconstruire tout le système demande du temps et du courage.

N'en ressentons pas de culpabilité à porter nos blessures. Il est normal de les porter, acceptons cela. Cependant, ne nous laissons pas emprisonner par ces blessures.

Soyez assurés que chaque blessure peut être soignée et que nous possédons le pouvoir de le faire.

Les blessures psychologiques peuvent émerger suite à des expériences traumatisantes, des événements stressants, des relations difficiles ou des sentiments de tristesse et de désespoir.

OUTILS :
Panser ses plaies de l'esprit

L'expérience Méta-morph'Ose

Il est crucial de prioriser sa santé mentale pour guérir ces blessures. Voici quelques étapes qui peuvent contribuer à apaiser les blessures de l'esprit :

Reconnaître ses émotions : Prendre conscience de ses émotions est fondamental. Cela permet de mieux gérer les émotions négatives comme la tristesse, la colère ou la peur, en les comprenant et en les exprimant de manière saine.

Chercher du soutien : Éviter de se sentir isolé dans sa souffrance est essentiel. S'ouvrir à un ami, un membre de la famille ou un professionnel de la santé mentale peut alléger le fardeau émotionnel et apporter un soulagement précieux.

Pratiquer l'auto-soin : Prendre soin de soi sur les plans physique, émotionnel et mental est crucial pour la guérison. L'exercice, le sommeil suffisant, une alimentation équilibrée, ainsi que la méditation ou le yoga, contribuent à améliorer l'humeur et à réduire le stress.

Traiter les préoccupations : Les préoccupations non résolues peuvent peser lourdement sur la santé mentale. Identifier ces soucis et travailler à les résoudre contribue à apaiser le stress et à améliorer la qualité de vie.

Vivre dans le moment présent : Se focaliser sur l'instant présent et sur les aspects

L'expérience Méta-morph'Ose

positifs de la vie contribue à diminuer l'anxiété et le stress.

Accorder du temps : Guérir les blessures de l'esprit est un processus qui requiert du temps. Il est crucial de ne pas se presser, de se laisser le temps nécessaire pour guérir et d'être patient envers soi-même.

En fin de compte, il est primordial de préserver sa santé mentale et de rechercher une assistance professionnelle si besoin. Le processus de guérison des blessures de l'esprit peut être ardu, mais avec patience, soutien et auto-soins, il est tout à fait possible de retrouver un équilibre émotionnel et mental sain.

Le corps de souffrance, étroitement lié à notre ego, agit comme un réceptacle pour les émotions douloureuses telles que la colère, la jalousie, la tristesse, la haine et la déprime. Souvent, nous fusionnons avec ce corps de souffrance de la même manière que nous le faisons avec notre ego, et ainsi, nous nous identifions à lui.

Cependant, le corps de souffrance n'est pas notre véritable essence. Il dépend de nos énergies pour subsister et se nourrir, c'est pourquoi il s'efforce de nous maintenir sous son influence. De ce fait, nous passons souvent beaucoup de temps à l'intérieur de ce corps de souffrance. Par exemple, lorsque nous absorbons la colère stockée en lui, nous pouvons ensuite être submergés par la colère et croire que nous sommes cette émotion, ce qui ne fait qu'amplifier la situation.

L'expérience Méta-morph'Ose

De plus, le fait d'exprimer la colère attire des énergies similaires vers nous (personnes en colère, situations irritantes, etc.), nourrissant ainsi davantage notre corps de souffrance.

Prendre conscience de ce corps de souffrance nous permet de nous positionner en tant qu'observateur. Lorsqu'une émotion négative surgit, nous pouvons l'identifier et observer comment elle agit en nous : où se localise-t-elle dans notre corps ? Quelle sorte de douleur engendre-t-elle ?

Observer ces émotions négatives en tant que témoins nous aide à nous détacher d'elles. Nous ne sommes pas ce que nous observons, c'est une vérité profonde.

Le corps de souffrance, ainsi compris, n'est pas notre identité. C'est un aspect de notre ego dont nous devons nous séparer. Nous ne sommes pas nos émotions négatives !

De plus, il est important de reconnaître que lorsque nous comprenons l'existence du corps de souffrance mais continuons d'être influencés par nos émotions négatives, une partie de nous peut trouver un certain avantage à maintenir ce schéma douloureux. Par exemple, cela peut nous permettre de recevoir de la compassion, attirer l'attention, se retirer du monde, éviter de changer nos comportements, conserver des relations, ou rester dans notre zone de confort.

Dans de tels cas, il est essentiel d'explorer la peur sous-jacente à ces motifs, car la peur est souvent ce qui empêche notre libération. Identifier cette peur nous donne la possibilité de l'accueillir avec

L'expérience Méta-morph'Ose

bienveillance et pardon, tout comme nous le ferions avec nos émotions.

Le détachement est une démarche par laquelle nous passons de nous nourrir de l'extérieur à trouver notre propre source de nourriture à l'intérieur de nous. Ce processus peut sembler paradoxal, mais il nous permet de nous ouvrir davantage aux autres.
En nous détachant, nous abandonnons nos jugements, nos croyances et nos limites, libérant ainsi nos "attaches" qui étaient si lourdes à porter. Cette démarche ne signifie pas que nous nous isolons des autres, mais plutôt que nous cessons d'attendre que les autres partagent notre propre vision. Nous acceptons les autres tels qu'ils sont, car nous avons acquis une compréhension profonde de notre propre identité et n'avons plus besoin d'être constamment rassurés.
Le détachement entraîne une transformation majeure en éloignant notre ego, ce qui permet à notre véritable essence de se révéler. Cette métamorphose nous offre une réelle liberté et la capacité d'accueillir chaque expérience avec ouverture. Nos besoins laissent place à des envies, à une sensation d'être pleinement "en vie".
Le vide, souvent redouté, prend un sens différent dans cette perspective. Au lieu d'être une absence, le vide devient un espace prêt à être rempli de nouvelles opportunités et expériences, un réceptacle prêt à accueillir la plénitude de la vie.

L'expérience Méta-morph'Ose

Le détachement ne se limite pas à un seul niveau, mais évolue à mesure que nous sommes prêts à l'explorer dans différentes facettes de notre existence. Chaque étape de ce cheminement s'épanouit naturellement lorsque nous sommes en phase avec notre propre développement intérieur.

Principes de Base

Les 7 principes du détachement
- Les gens sont responsables d'eux-mêmes.
- Arrêtez de présumer que vous pouvez régler les problèmes qui ne vous appartiennent pas.
- Rester en dehors des responsabilités d'autrui et concentrez-vous sur les vôtres
- Se préoccuper des problèmes d'autrui ne les aide pas. Si un être aimé a contribué à créer un problème majeur pour eux, alors il est nécessaire qu'ils le résolvent par eux-mêmes, qu'ils aient le droit d'être qui ils sont et d'avoir la liberté d'être responsable d'eux-mêmes.
- Vivez dans le présent et arrêter d'essayer de contrôler les autres
- Profitez au maximum de chaque journée et appréciez ce que vous avez en ce moment.
- Acceptez votre réalité et ayez foi en vous-mêmes. Si quelqu'un a besoin d'aide avec un problème, faites ce que vous pouvez pour le résoudre et puis arrêter

L'expérience Méta-morph'Ose

d'obséder à propos de cela, en sachant que vous avez fait ce que vous pouviez.

Les énergies sont omniprésentes, formant le fondement de toute existence et de toute création. Elles sont une force que nous utilisons chaque jour, souvent inconsciemment. Même ceux qui pensent ne pas percevoir les énergies les lisent et les ressentent instinctivement.

Par exemple, quand nous entrons dans un lieu et éprouvons un malaise, nous capturons en fait les énergies présentes dans cet environnement, qui ne sont peut-être pas en résonance avec nous. Lorsqu'une connexion se crée instantanément lors d'une conversation avec un étranger, c'est que nos énergies résonnent harmonieusement avec les siennes. En revanche, si nous ressentons de la méfiance envers quelqu'un, cela signifie que nos énergies ne s'accordent pas.

Nos préférences et nos aversions, qu'elles concernent des activités, des personnes ou des choix, sont influencées par les énergies en jeu. Quand quelque chose nous procure du plaisir et de l'enthousiasme, c'est que les énergies liées à cette expérience sont bienveillantes pour nous. De même, lorsqu'un choix important suscite une forte résonance positive en nous, c'est généralement le chemin le plus propice.

Les ressentis profonds sont comme des traducteurs d'énergie. Les énergies négatives engendrent un ressenti désagréable, tandis que les énergies positives génèrent un sentiment de

L'expérience Méta-morph'Ose

bien-être. La question fondamentale devient alors : "Est-ce que cela résonne en moi ?". De cette réponse découle une interprétation énergétique.

Certaines personnes peuvent aller plus loin en anticipant les énergies futures ou en décodant les énergies passées. Ces individus ont affiné leur sensibilité et leur intuition, ils se sont connectés à eux-mêmes et ont développé une confiance en leur ressenti. Ils comprennent qu'ils sont une énergie en interaction avec le grand Tout, et peuvent ainsi naviguer dans le flux de la vie comme des musiciens jouant les plus belles notes d'une mélodie. En réalité, l'énergie est une vaste mélodie, chaque être y apportant ses propres tonalités uniques.

Lorsque la musique est harmonieuse, les énergies s'accordent en douce symphonie. Cependant, quand une dissonance se fait sentir, de nouvelles possibilités se présentent, offrant ainsi la chance de faire des choix en alignement avec notre essence profonde.

L'aura est une forme subtile d'énergie qui enveloppe le corps humain et est souvent décrite comme un champ électromagnétique coloré. Selon certaines croyances, elle peut offrir un aperçu de l'état émotionnel, physique et spirituel d'une personne.

Certaines personnes possèdent la capacité de percevoir l'aura à travers leur intuition ou des dons extrasensoriels. Selon la théorie de l'aura, chaque individu possède une aura unique composée de

L'expérience Méta-morph'Ose

multiples couches de couleurs et de formes. Chacune de ces couches représente des aspects distincts de la personne, tels que les émotions, la santé physique, l'état mental et spirituel. Les couleurs associées à l'aura sont souvent liées à des émotions et à des traits de personnalité spécifiques.

Même si l'existence de l'aura n'a pas encore été scientifiquement prouvée, certaines méthodes alternatives, comme la médecine énergétique et le Reiki, se servent de l'aura pour identifier les blocages énergétiques et rétablir l'équilibre physique, émotionnel et spirituel.

Il est important de noter que certaines personnes ont une sensibilité accrue pour percevoir l'aura, tandis que d'autres ne le peuvent pas. De plus, l'aura peut être influencée par des facteurs extérieurs tels que l'environnement, l'alimentation, les émotions et les interactions sociales.

En fin de compte, croire en l'existence de l'aura relève de la croyance personnelle.

Percevoir l'aura ouvre la voie à une réalité au-delà des apparences immédiates et permet de s'éloigner d'un matérialisme étroit souvent mis en avant. Cela nous relie aux traditions millénaires de l'Orient, en Inde et en Chine, et nous pousse à reconnaître que l'Occident n'a pas le monopole de la connaissance. Cette perspective enrichit notre compréhension de l'humanité et du sens de la vie. De plus, cela nous dote d'outils de diagnostic et de traitement remarquablement efficaces.

L'expérience Méta-morph'Ose

Les perturbations physiques, émotionnelles et mentales se manifestent dans l'aura avant de se manifester dans le corps. En corrigeant ces perturbations à l'aide de divers outils énergétiques, on peut prévenir les maladies et contribuer à la guérison, par le biais de soins basés sur les couleurs, les sons, les élixirs, l'homéopathie, l'acupuncture, le magnétisme, etc.

Les trois couches de l'aura constituent une forme de conscience qui permet d'objectiver les intuitions. La perception de l'aura est également utile pour évaluer la qualité vibratoire d'un lieu, pratiquer la géobiologie et évaluer l'harmonie entre les individus sur les plans physique, émotionnel et mental.

OUTILS :
Comment voir les auras

Ayez une définition claire. Bien que la conception générale des auras les décrive comme des atmosphères distinctes entourant les individus, il est essentiel de comprendre qu'elles sont plus précises que cela. Pour certains, les auras sont constituées de vibrations, des vibrations électrophotoniques générées en réponse à des excitations externes. L'élément clé de l'aura réside dans sa capacité à contenir des informations sur l'essence même d'une personne ou d'un objet qu'elle entoure.

Saisissez cette science. Les auras qui entourent les êtres humains sont en partie constituées de

L'expérience Méta-morph'Ose

radiations électromagnétiques présentes dans les micro-ondes, ainsi que de radiations infrarouges à basse fréquence et de rayons ultraviolets à haute fréquence. Le rayonnement ultraviolet est plus étroitement lié à notre activité consciente (réflexion, création, intention, émotions et sens de l'humour) et constitue la partie visible à l'œil nu. Les énergies électromagnétiques de l'aura prennent une forme ovale, créant ainsi ce qu'on appelle « l'œuf aurique », s'étendant de 60 cm à 1 mètre de chaque côté de notre corps. Cette forme s'étend au-dessus de la tête et en dessous des pieds, pénétrant même dans le sol.

Familiarisez-vous avec les niveaux. L'aura est composée de sept niveaux (également connus sous le nom de couches ou corps auriques), correspondant aux sept chakras du corps. Chaque niveau possède sa propre fréquence, mais il est interconnecté avec les niveaux adjacents qui l'influencent. Par conséquent, si un niveau est en déséquilibre, cela peut également affecter les autres niveaux.

Il est important de noter que la perception et la compréhension des auras peuvent varier d'une personne à l'autre. Certaines personnes possèdent une sensibilité naturelle pour percevoir ces énergies subtiles, tandis que d'autres peuvent avoir besoin de développer cette aptitude par le biais de pratiques et d'exercices spécifiques. Quelle que soit la perspective que l'on adopte sur les auras, il est crucial de maintenir une ouverture d'esprit et un respect mutuel pour les croyances individuelles.

L'expérience Méta-morph'Ose

- Le niveau physique.

À ce niveau, on n'a besoin que de confort physique, de santé et de plaisir.

- Le niveau éthérique.

On a besoin de s'accepter et de s'aimer soi-même

- Le niveau vital.

On doit comprendre les situations de façon claire, rationnelle et linéaire.

- Le niveau astral.

On recherche les interactions sentimentales avec la famille et les amis

- Le niveau mental inférieur.

À ce niveau, on a besoin de s'aligner avec notre volonté divine et de s'engager à dire la vérité et à la suivre.

- Le niveau mental supérieur.

On doit connaitre l'amour divin ainsi qu'une extase spirituelle.

- Le niveau spirituel (intuitif).

On a besoin de se connecter à l'esprit divin et de comprendre les principales caractéristiques universelles.

- Détendez-vous, respirez profondément et concentrez-vous.
- Ne forcez pas vos yeux.
- Faites attention de rester discret lorsque vous regardez l'aura d'autres personnes : elles penseront que vous les fixez.

Le faux maître peut souvent apparaître dans nos vies, portant l'intention, parfois inconsciente, de nous guider selon leurs propres désirs. Nous

L'expérience Méta-morph'Ose

sommes pourtant les uniques maîtres de notre existence, avec la capacité de discerner notre propre chemin parmi les nombreuses lumières qui croisent notre route. Chaque rencontre, chaque interaction, nous offre la chance de partager et d'apprendre, dans un échange merveilleux.

Cependant, certains individus imposent leurs idées, dictent leur volonté ou exercent un contrôle. Portés par leur ego, ils ne cherchent pas à comprendre notre expérience, nos croyances ou notre parcours. Ils souhaitent simplement que nous embrassions leur vision. Pourtant, leur perspective n'est qu'une parmi tant d'autres, car une multitude de vérités coexistent simultanément.

Ces faux maîtres peuvent se manifester dans tous les domaines de notre vie. Ils ne partagent pas la lumière, mais cherchent à l'absorber. Leur pouvoir repose souvent sur la capacité à manipuler l'énergie créatrice des autres pour renforcer leurs propres convictions. Cela nécessite le consentement des individus qui, parfois inconsciemment, leur cèdent ce pouvoir créateur.

Cependant, l'ère actuelle prône l'authenticité et l'autonomie spirituelle. La période de reconnexion avec soi-même élimine progressivement ces faux maîtres et leurs influences. La spiritualité évolue vers un état de transformation, d'ouverture et d'alignement, car nos propres transformations intérieures guident son évolution.

La spiritualité authentique devrait être une mélodie qui inspire notre danse intérieure, plutôt qu'une série d'instructions qui nous enferment dans des

L'expérience Méta-morph'Ose

croyances rigides. Soyons des chercheurs curieux et aimants, explorant notre chemin avec bienveillance et expérimentant la vie à travers notre propre perspective. L'évolution de la spiritualité devrait nous libérer des chaînes des faux maîtres et nous encourager à vivre pleinement et consciemment.

OUTILS :
Rencontrer son guide

C'est un instant magique, car l'impalpable se matérialise. Votre guide spirituel est face à vous, et vous ressentez une connexion profonde, une présence bienveillante qui émane de lui.
Prenez le temps de l'observer. Remarquez ses traits, sa posture, les détails de son apparence. Notez les sensations que vous ressentez en sa présence. Sentez-vous enveloppé dans une aura de sérénité, de compréhension et d'amour.
Maintenant, il est temps d'engager la conversation. Vous n'avez peut-être pas besoin de parler à haute voix, car la communication peut se faire à un niveau plus subtil, par des pensées et des émotions. Posez-lui des questions que vous avez, partagez vos préoccupations, vos rêves et vos désirs les plus profonds. Sachez que votre guide entend et comprend tout.
Lors de cette interaction, soyez attentif aux signes et aux messages qu'il pourrait vous transmettre. Ceux-ci peuvent prendre différentes formes : mots, images, sensations, intuitions. Faites confiance à

L'expérience Méta-morph'Ose

votre ressenti et à votre intuition pour interpréter ces réponses.

N'oubliez pas que votre guide spirituel est là pour vous guider, vous soutenir et vous apporter des conseils. Il est imprégné d'une sagesse et d'une perspective bien plus vastes que la vôtre. Laissez-vous imprégner de son énergie apaisante et de sa lumière.

Lorsque vous sentez que le temps est venu de terminer cette rencontre, remerciez votre guide spirituel pour sa présence et ses conseils. Observez-le s'éloigner avec la certitude qu'il est toujours à vos côtés, même lorsque vous ne le percevez pas consciemment.

Lorsque vous serez prêt, commencez à revenir doucement à votre état de conscience habituel. Prenez quelques respirations profondes et ressentez votre corps s'ancrer dans le moment présent. Remerciez-vous pour ce merveilleux moment de connexion spirituelle.

Sachez que vous pouvez répéter ce rendez-vous avec votre guide spirituel chaque fois que vous en ressentez le besoin. Cette relation sacrée peut être une source continue de réconfort, de guidance et d'amour tout au long de votre parcours.

Ce moment précieux marque la transformation de l'invisible en visible, vous offrant l'opportunité de vous connecter directement avec votre guide spirituel. Laissez de côté toute interférence mentale, car vous êtes sur le point d'expérimenter un rendez-vous divin d'une portée exceptionnelle.

L'expérience Méta-morph'Ose

Cet être, cette entité bienveillante qui vous accompagne depuis de nombreuses années, peut prendre différentes formes. Il pourrait être le défunt d'un membre de votre famille, un esprit de la nature, un maître ascensionné, ou encore une présence qui partage des similarités avec votre essence profonde...

Accueillez cette vision sans chercher à rationaliser. Il n'y a aucune restriction, aucune limite dans ce monde sacré. Ne soyez pas surpris si vous êtes face à Bouddha, une fée, une figure maternelle disparue ou même un être inconnu d'apparence. Laissez votre perception s'ouvrir à la magie de cette rencontre.

Prenez le temps d'observer minutieusement votre guide. Mémorisez les traits de son visage, la manière dont il est vêtu, les nuances de son énergie qui l'entourent...

À présent que les présentations au niveau physique ont été faites, entrez en dialogue avec lui. Posez-lui les questions qui habitent votre cœur. Les réponses qui émergent vous surprendront peut-être, mais elles renferment une sagesse profonde et personnalisée. Demandez-lui d'où il vient, explorez sa "spécialité". Vous réaliserez que ces révélations éclaireront également vos propres chemins, car vos missions sont intrinsèquement liées. Chaque question que vous posez sera suivie d'une réponse à sa mesure.

Percevez les vibrations qui vous entourent, elles sont intenses et peuvent engendrer des frissons d'émerveillement. Laissez-vous immerger dans

L'expérience Méta-morph'Ose

l'amour qui émane de cet être extraordinaire, votre guide spirituel.

Restez à ses côtés aussi longtemps que vous le ressentez nécessaire. Quand le moment sera venu, prenez congé en exprimant votre gratitude. Votre guide peut continuer à vous accompagner même après cette rencontre tangible, il vous suffit de vous ouvrir à sa présence. Vous avez créé un lien sacré qui demeurera dans votre cœur, toujours prêt à vous guider, à vous soutenir et à vous éclairer.

CHAPITRE 13
Le grand changement

Le Grand Changement qui s'amorce se manifeste à travers l'élévation des vibrations et l'intensification des énergies. À mesure que les consciences s'éveillent, la lumière se renforce, faisant ressortir également les ombres qui habitent en nous et autour de nous. Cette danse entre lumière et ombre crée une dualité apparente, générant l'existence parallèle de deux mondes qui coexisteront temporairement avant de trouver leur équilibre.

Cette période à venir ne sera pas dépourvue de défis. Sur les plans émotionnel, physique et psychologique, l'ombre – une combinaison de nos peurs les plus profondes – se montrera plus présente et tangible. Elle nous confrontera, nous mettra à l'épreuve, semant parfois le doute quant à notre véritable nature. Cependant, envisageons cela comme une initiation extraordinaire. Au travers

L'expérience Méta-morph'Ose

de cette phase, nos forces et nos fragilités seront mises à nu, notre alignement et nos incohérences seront éclairés, notre côté sombre et notre bienveillance seront révélés. Cette mise en lumière de toutes les énergies qui nous animent nous offrira l'opportunité de nous libérer de ce qui nous retient prisonniers.
Le rideau se lève pour tous, et chacun est invité à jouer son rôle.

Aujourd'hui, c'est à nous de passer à l'action. Aujourd'hui, c'est à nous de témoigner de notre essence. Aujourd'hui, c'est à nous de faire des choix conscients. Aujourd'hui, c'est à nous de participer à la création.

Ce Grand Changement trouve son origine dans notre intériorité, se manifestant ensuite à l'extérieur. La construction de ce nouveau monde repose en grande partie sur nos actions, et pour cela, commençons par incarner notre propre cohérence pour contribuer à sa création harmonieuse.

Car ce grand changement ne se résume pas à une simple transition, mais il s'agit d'un long périple que nous entamons, guidés uniquement par la lumière de notre cœur. Le changement ne se limite pas à une date fixe, mais il s'étend sur une période de temps, un processus dont nous sommes les principaux acteurs.
Ce changement est une métamorphose entre l'ancien monde et le nouveau, une transition que

L'expérience Méta-morph'Ose

nous avons appelée et espérée. En réalité, il constitue certainement l'une de nos plus grandes initiations.

Le jugement, une habitude à laquelle nous consacrons bien trop de temps, nous pousse à catégoriser tout ce qui nous entoure en termes de "bien" ou de "mal". Cette approche simpliste en réalité se divise en d'innombrables cases, allant bien au-delà de cette dichotomie. Des concepts comme "injuste", "valable", "immature", "inconscient", "sage", "échec", "agréable" et bien d'autres, forment ces cases, mais in fine, toutes fusionnent en deux vastes catégories : le bien et le mal.
Cependant, nous oublions souvent que notre définition du "bien" peut ne pas être partagée par d'autres, et ce que nous qualifions de "mal" peut être vu différemment par d'autres encore.
Cela s'applique même aux situations les plus extrêmes. Les opinions divergent toujours, sur TOUT.
Ces différences d'opinion sont enracinées dans le jugement de valeur. C'est-à-dire que nous prenons chaque événement, situation, comportement ou parole, et les comparons à nos propres valeurs. Ces valeurs sont sculptées par notre vécu, nos expériences, notre éducation... notre ego.
Ainsi, nous avons créé ces cases et en avons fait des réceptacles rigides. Au lieu de les utiliser comme des indicateurs de ce que nous aspirons à être, nous nous sommes enfermés dans nos

L'expérience Méta-morph'Ose

propres catégories, donnant naissance au jugement (un mot qui intègre "je mens").

Maintenir son centre Lorsqu'une émotion vous envahit, prenez un moment pour déterminer si elle vous appartient réellement, car souvent, nous ressentons les émotions des autres, surtout en groupe.

Si l'émotion est effectivement la vôtre, tentez de la canaliser en respirant profondément. Visualisez une bulle protectrice qui vous entoure, un espace dans lequel rien de l'extérieur ne peut pénétrer. L'empressement génère le stress, que ce soit dans les gestes, les paroles ou les pensées.

Cette bulle mentale vous offrira une protection. En vous sentant en sécurité, vous serez mieux équipé pour gérer l'émotion qui vous submerge et reprendre le contrôle. En réalité, les émotions négatives se manifestent lorsque nous nous sentons vulnérables.

Qu'appelle-t-on le Jugement dernier ?
APOCALYPSE...

Ce terme est souvent utilisé de nos jours : il est question d'apocalypse nucléaire pour certains, le moment du "jugement dernier"...

Nous avons traversé des périodes d'accélération suivies de moments de calme, mais aujourd'hui, nous sommes plongés dans une période d'accumulation d'événements, tous aussi significatifs les uns que les autres : crise sanitaire, crise économique, crise climatique, guerre, etc.

L'expérience Méta-morph'Ose

Les choses se détériorent-elles ? La situation empire-t-elle ?

Il est possible que nous ayons l'impression de vivre des situations jamais auparavant observées, ce qui pourrait nous faire entrevoir une sorte de "fin du monde"... Quoi qu'il en soit, il s'agit d'un moment de TRANSITION.

Rappelons que le mot "Apocalypse" provient du grec et signifie "RÉVÉLATION", "DÉVOILEMENT" (Apokàlupsis).

Dans la culture occidentale, plusieurs textes portent ce titre ; ils relatent des expériences "intérieures" partagées par des "mystiques", décrivant des visions d'événements futurs, souvent perçus comme des "catastrophes" ou des bouleversements. Au fil des ans, ce mot s'est chargé de significations, d'émotions et de compréhensions diverses.

L'Apocalypse est devenue synonyme de "fin du monde".

Progressivement, à chaque fois que nous entendons ce mot, notre capacité de réflexion et d'analyse semble se figer... et des comportements irrationnels émergent, dictés par la PEUR. Sans aucun doute, l'Apocalypse indique la fin d'un cycle, d'une ère. Cependant, si l'on revient aux notions de DÉVOILEMENT et de RÉVÉLATION, ces synonymes peuvent nous permettre de sortir de la rigidité mentale.

Dévoiler quelque chose signifie adopter une nouvelle perception, c'est voir cette chose dévoilée sous un jour différent... C'est une occasion

L'expérience Méta-morph'Ose

d'observer cette chose qui était présente, mais qui peut être contemplée "sans voile", ou qui peut désormais être vue.

L'Apocalypse devient alors une opportunité qui se présente et qui n'était pas envisagée auparavant. Tout événement envisagé sous cet angle peut devenir une occasion de prise de conscience, d'éveil... ou non.

Alors, comment cette Apocalypse annoncée pourrait-elle, cette fois, représenter une opportunité de mieux se connaître et de tirer le meilleur parti de ce qui se produit ou se produira ?

Comment devrions-nous réagir face à cette Apocalypse extérieure, ces RÉVÉLATIONS, ce DÉVOILEMENT d'un monde que nous ne pouvons plus voir de la même manière ?

- Soit nous choisissons d'abandonner ce qui n'est plus approprié, ce qui n'existe plus, afin de laisser place à l'éveil et au changement,
- Soit nous persistons à nous accrocher à ce "rêve" qui risque de se transformer en cauchemar... une incapacité à lâcher nos "habitudes", en enfonçant la tête dans le sable pour éviter de voir l'effondrement à l'extérieur.

Maintenant que nous avons compris que nous sommes dans une grotte (comme Platon l'a décrit), allons-nous avoir le courage de sortir de cette grotte ?

L'expérience Méta-morph'Ose

En considérant l'APOCALYPSE comme un processus intérieur et individuel, lié à l'éveil de la conscience, qui permet de voir des opportunités là où la peur était présente, qui nous autorise à transformer notre perception du monde et notre relation au monde...
L'Apocalypse devient alors un terme illuminé.
Refusons que tout autre monde que le nôtre soit révélé.
Aujourd'hui, à l'extérieur de nous, se trouvent des éléments qui ne nous sont pas propres et qui nous éloignent de notre essence, qui entravent notre cohérence.

Le juste milieu
La voie du milieu est la voix du cœur, celle qui libère, désamorce et éclaire. C'est le chemin juste. Pour le trouver et ne plus s'égarer dans les chemins obscurs, il suffit d'écouter son intérieur, son cœur, plutôt que les cris provenant de l'extérieur, le vacarme alentour. Souvenons-nous que la paix naît dans le silence. Plus il y a de bruit (médias, politiques, idéologies...), plus l'on tente de nous éloigner de nos ressentis en attirant notre attention ailleurs qu'en nous-mêmes.
Le lâcher-prise
Nous vivons souvent pour les autres, cherchant à satisfaire nos parents, à garder nos amis en se montrant parfaits, désirant être appréciés par tous. Pour cela, nous présentons une image de nous qui ne reflète pas vraiment notre essence.

L'expérience Méta-morph'Ose

C'est comme un déguisement que nous portons pour plaire. Lâcher prise, c'est savoir retirer ces couches de vêtements, se mettre à nu et simplement ÊTRE, sans se soucier du regard des autres. C'est se dévoiler aux autres, car après tout, nous sommes ce que nous sommes. Alors, pourquoi mentir aux autres et à nous-mêmes ?
Une fois ces habits retirés, il ne reste plus que notre véritable nature.
Mais lâcher prise, c'est surtout faire confiance à la vie et à ce que l'Univers nous réserve. C'est ne pas chercher à tout contrôler, avoir foi en ce qui vient et considérer chaque expérience comme un cadeau sur notre chemin. Lâcher prise, c'est accepter le livre de notre vie dans son intégralité, sans vouloir réécrire l'histoire, sans arracher de pages ni gommer de chapitres.
C'est également comprendre que l'échec n'est qu'une notion relative, qu'il n'existe que des expériences, et que peu importe le résultat, celui-ci nous fait progresser.
Ainsi, lâcher prise, c'est se libérer de l'attente et de l'attachement aux résultats. Même si aux yeux des autres, notre projet semble être un "échec", dans notre cœur, il demeurera une expérience enrichissante.
En fin de compte, lâcher prise, c'est vivre dans l'acceptation totale de ce qui est, ne retenir rien, car retenir revient à s'attacher et à s'enfermer.
Lâcher prise, c'est se libérer et s'épanouir pleinement !

L'expérience Méta-morph'Ose

Rester juste

Une remarque, une critique, un jugement en dit souvent plus long sur celui qui les émet que sur celui qui les reçoit. Cependant, nous avons tendance à inverser ce processus, en laissant les paroles des autres nous abaisser et en prenant à cœur chaque mot, surtout lorsque nous sommes la cible.

Nous accordons parfois trop d'importance aux mots d'autrui, leur donnant plus de poids et de pouvoir que nécessaire, ce qui nous rend vulnérables à leurs effets.

Pourtant, si je montre un bouquet de roses à différentes personnes, certaines remarqueront leur beauté, d'autres leur parfum, tandis que d'autres ne verront que les épines.

Il serait sage d'appliquer "la technique de la radio", comme me l'ont suggéré mes guides. Cela nous aidera à économiser de l'énergie et du temps :

Lorsque nous écoutons la radio et qu'une chanson ne nous plaît pas, nous changeons simplement de station. Nous n'en concluons pas pour autant que notre goût est mauvais, nous passons juste à une autre fréquence. Sinon, nous laissons la musique jouer en arrière-plan sans nous y attarder.

Transposons cette métaphore à notre vie : jouons notre propre mélodie, sans culpabilité, sans honte, sans nous dévaloriser, même si notre musique ne plaît pas à tous.

L'accent doit être mis sur la notion de justesse. En restant fidèles à nous-mêmes, en étant cohérents, nous n'aurons rien à nous reprocher. Être en

L'expérience Méta-morph'Ose

harmonie avec nous-mêmes nous évite de porter le fardeau du monde sur nos épaules.

Rester juste, c'est rayonner sans éteindre nos propres lumières.

Le temps
Le temps n'est pas un adversaire, bien au contraire, il est un don du Ciel ! Sans le temps, tout resterait figé, l'évolution serait impossible.

Le temps nous permet de mesurer le chemin que nous avons parcouru et de rêver de notre avenir, mais pour cela, nous devons rester centrés sans trop nous disperser.

Car dès que nous comptons le temps, nous en perdons. Si nous nous attachons au temps, il devient lourd. Si nous pensons manquer de temps, il s'échappe. Si nous sommes impatients, il se fait désirer.

Oui, le temps répond à nos attentes inconscientes : si nous le comptons, il devient quantité ; si nous nous y accrochons, il devient poids ; si nous le cherchons, il joue à cache-cache ; si nous le perdons de vue, il s'éloigne ; si nous l'attendons, il prend son temps ; si nous le pressons, il s'affine.

Il ne s'agit donc pas de "trouver" du temps, mais plutôt de "prendre" le temps. Rien n'est perdu dans le temps, chaque instant est précieux, car le temps est le professeur des apprentis sages, quels que soient leur âge.

Tout existe ici et maintenant, et nous pouvons faire des sauts à l'intérieur même du temps, sur une partition nouvelle, là où existe un autre aspect de

L'expérience Méta-morph'Ose

nous, celui que nous désirons tant. Ainsi, à chaque instant, nous avons le pouvoir de décider de devenir cette personne que nous aspirons à être.

Si nous sommes fatigués de porter les cicatrices du passé, nous pouvons choisir ici et maintenant de nous en libérer. Quand nous décidons d'être libres dans le présent, nous le sommes. En revanche, si nous repoussons la guérison à demain, notre attente n'aura pas de fin, car le temps respecte nos besoins.

Le temps soigne et restaure, mais il fait aussi croître les graines de joie.

Chaque instant qui s'écoule est un cadeau qui nous aide à nous définir. Chaque instant passé est un cadeau qui nous a apporté un apprentissage. Chaque instant à venir est un cadeau qui dévoilera notre pouvoir créatif.

Il n'est jamais trop tard pour tracer notre chemin, et il n'y a pas de place pour les regrets, car le passé est révolu. Il n'y a pas non plus de raison d'avoir peur, car l'avenir est à bâtir. Seul le présent existe, et c'est dans cet instant précis que le temps nous murmure ses leçons.

OUTILS :
Gestion du temps

Cet outil vous propose de classer en quatre catégories les tâches de votre journée. Pour ce faire, vous devez simplement répondre à deux questions :
- Est-ce urgent ?

L'expérience Méta-morph'Ose

- Est-ce important ?

Ce qui est urgent et important doit être traité sur-le-champ.

La méthode NERAC est un autre outil visant à améliorer la productivité et l'efficacité pour vous simplifier la vie. Chaque lettre de cet acronyme correspond à une étape du traitement de vos tâches :

- N : noter les tâches à accomplir dans la journée.
- E : estimer le temps que chaque tâche vous prendra.
- R : réserver ce temps.
- A : arbitrer, c'est-à-dire repérer les tâches les moins urgentes, les déléguer ou les reporter.
- C : contrôler que les tâches ont bien été effectuées pour rentrer l'esprit tranquille.

La méthode SMART : se fixer des objectifs clairs

Ce qui nous empêche souvent de passer à l'action, c'est le fait de ne pas avoir une vue claire sur le type de tâche à accomplir. Cela est d'autant plus vrai dans la vie professionnelle où les objectifs sont parfois très vagues.

La méthode SMART permet de fixer des objectifs de travail précis. Chaque lettre correspond à une étape de la création de ces objectifs :

- S : spécifique, l'action ou la tâche à accomplir doit être unique.
- M : mesurable, des indicateurs doivent permettre d'attester que la tâche est accomplie.

L'expérience Méta-morph'Ose

- A : atteignable, les étapes vers l'accomplissement des objectifs doivent être connues par avance.
- R : réaliste, les moyens mis en place pour atteindre ces objectifs doivent être suffisants.
- T : temporel, des deadlines doivent établies d'un commun accord.

Problèmes de communication et blessures
Une blessure en nous perturbe notre harmonie intérieure, créant ainsi une brèche où la peur peut s'insinuer. Il est important de se rappeler que ces blessures ont souvent leurs origines dans notre passé, notre enfance, et sont généralement causées involontairement par nos parents ou d'autres figures d'attachement en qui nous plaçons beaucoup d'amour et de confiance.
Malheureusement, nous pouvons par la suite projeter cette peur qui réside en nous depuis notre plus jeune âge, cette blessure, sur nos propres enfants, perpétuant ainsi un cycle difficile à briser. C'est ce que l'on peut appeler "l'héritage de la blessure".
L'héritage ne se limite pas aux biens matériels, il peut aussi être une empreinte laissée en nous, un patrimoine émotionnel qui nous relie à notre lignée. Cela peut engendrer un sentiment de fierté et de confiance dans la vie, mais aussi porter en lui des histoires et des désirs qui nous dépassent, ainsi que des blessures et des hontes qui semblent pesantes. Recevoir cet héritage n'est pas un

L'expérience Méta-morph'Ose

processus automatique, mais exige notre implication consciente.

Comment pouvons-nous accueillir ce qui nous est transmis ? Hériter de nos parents, de nos grands-parents, et ainsi de suite, n'est pas quelque chose qui se fait naturellement, même si les traces de leur héritage sont souvent évidentes. Ces éléments sont présents en nous et autour de nous, et chacun peut identifier les signes tangibles de ces transmissions qui viennent d'autres que nous-mêmes. Cependant, ces héritages ne cessent de nous inviter à un travail d'assimilation.

L'héritage immatériel, tout comme l'héritage matériel, contribue à façonner notre identité, mais il s'adresse à chacun de manière unique et nécessite une interprétation personnelle. Nous sommes les réceptacles de ces héritages, mais nous les transformons, les filtrons, en gardant ce qui résonne avec notre propre vérité. En transmettant à notre tour, nous parvenons à mieux comprendre qui nous sommes devenus au fil du temps.

La volonté de se connecter à une histoire familiale représente un aspect positif de l'héritage. Cependant, certains héritages peuvent être encombrants, car nous les portons sans même en être conscients. Parfois, pour avancer dans la vie, il est essentiel de se libérer du poids de ce passé qui continue de hanter nos actions et nos émotions. En prenant conscience de ces héritages, en les questionnant, en choisissant ce que nous voulons conserver et ce que nous voulons transformer, nous pouvons réellement reprendre le contrôle de

L'expérience Méta-morph'Ose

notre destin et nous affranchir des schémas qui ne nous servent plus.

OUTILS :
L'outil-clé : l'arbre minute

Nous accédons à une lecture profonde de nous-mêmes pour guérir notre relation avec les mémoires du passé, plutôt que de les laisser inconsciemment prendre le contrôle sur notre vie.
Lorsque vous esquissez votre arbre généalogique en quelques minutes, vous le faites avec une conscience que vous ne réalisez pas toujours consciemment !
Ces blessures en lien avec les mémoires familiales se manifestent de diverses façons, laissant une empreinte profonde sur nos vies :

- Un sentiment d'angoisse et des troubles psychosomatiques qui semblent surgir de nulle part.
- Des symptômes qui apparaissent soudainement dans votre vie sans explication apparente.
- Des schémas répétitifs qui semblent jouer encore et encore.
- Des comportements et des peurs inexplicables qui semblent inscrits en vous.
- Des sentiments puissants de honte, de culpabilité, d'autodestruction et de dévalorisation.

Le travail commence souvent par la construction de l'arbre généalogique, remontant plusieurs

L'expérience Méta-morph'Ose

générations en arrière jusqu'aux arrière-grands-parents. L'objectif est de remonter à la source, au cœur du traumatisme hérité, et d'identifier comment il s'est transmis aux générations suivantes. Cette démarche apporte une compréhension plus profonde et permet de recontextualiser ces mémoires dans notre histoire familiale.

Il est intéressant d'expérimenter avec un arbre généalogique tracé en deux minutes. Les éléments que vous notez et la façon dont vous les avez disposés ne sont pas anodins. À travers un tel exercice, qui vise à court-circuiter le mental, nous pouvons comprendre comment notre cerveau s'est programmé en fonction de notre histoire familiale. Les membres de notre famille et les détails que nous avons spontanément notés peuvent révéler beaucoup sur notre relation avec ces mémoires et les schémas qu'elles ont engendrés.

En prenant conscience de ces connexions et en les explorant consciemment, nous pouvons commencer à briser ces schémas automatiques, guérir les blessures du passé et évoluer vers une plus grande harmonie intérieure. En travaillant à libérer les charges émotionnelles qui ont été transmises et en choisissant de manière consciente les aspects que nous souhaitons perpétuer ou transformer, nous prenons le contrôle de notre propre héritage émotionnel et nous ouvrons la voie à un futur plus épanouissant.

L'expérience Méta-morph'Ose

Le libre arbitre, ce cadeau précieux de choix qui nous est offert face à chaque expérience, nous ouvre des routes multiples : celle qui s'étend tout droit devant nous, celle qui tourne à droite vers l'inconnu, ou encore celle qui part à gauche dans une direction inattendue. C'est la liberté de choisir notre propre voie, et en cela, résident l'essence et la beauté de notre existence.

En effet, nous sommes constamment confrontés à des choix. Le choix de nous écouter nous-mêmes ou de suivre les conseils des autres. Le choix entre répondre aux désirs du cœur ou laisser le mental prendre les rênes. L'expression "agir à contre-cœur" reflète admirablement les diverses routes qui se dévoilent devant nous. Certaines résonnent avec notre essence, d'autres moins.

L'aspiration ultime est de faire des choix qui sont en harmonie avec notre être profond et qui révèlent notre essence la plus éclatante. Parfois, nous pouvons être amenés à agir à contre-cœur, mais même dans ces moments, cultivons la sérénité.

Le chemin le plus approprié, le plus direct et le plus bénéfique existe toujours. Notre cœur le sait et nous envoie des signes pour nous guider, mais à ses côtés, d'autres chemins s'offrent à nous, des sentiers secondaires, des détours. Ces voies moins évidentes ou plus complexes sont également les chemins que nous traçons pour nous-mêmes.

La singularité du chemin est ce qui nous définit. L'essence de notre être se révèle dans nos choix. Comment pourrions-nous apprendre sur nous-mêmes sans la liberté de choix ? Sans le libre

L'expérience Méta-morph'Ose

arbitre, nous serions enchaînés à l'obéissance, et cela contrarierait notre aspiration naturelle à évoluer et à grandir.

Lorsque nous nous tenons devant plusieurs chemins, indécis quant à la voie à suivre, il est utile de se demander : laquelle élève notre être ? Le libre arbitre est un don merveilleux, il nous permet de forger notre identité et de choisir qui nous désirons être. Il nous autorise à explorer différentes routes et à embrasser une vision enrichissante et diversifiée de la vie.

Quelle que soit la voie que nous empruntons, qu'elle soit guidée par le cœur ou par le mental, faisons-le avec joie. Avançons, choisissons et créons, sachant que chaque choix façonne le récit unique de notre voyage à travers le temps. Notre libre arbitre nous donne la chance de sculpter notre existence avec intention et authenticité.

Le moment présent, voilà une notion dont la vitalité transcende notre compréhension.

Mais qu'entendons-nous vraiment par là ? Ne vivons-nous pas tous ici et maintenant, à chaque instant qui s'écoule ?

Il est vrai que nous nous agrippons souvent à nos expériences passées, ou nous projetons inlassablement dans celles à venir. Pour certains, ces deux dimensions deviennent même la totalité de leur existence.

Cependant, s'accrocher au passé donne naissance à une existence teintée de nostalgie et de

L'expérience Méta-morph'Ose

mélancolie, tandis que se concentrer sur l'avenir engendre une vie dominée par l'anxiété et le souci.
Pourtant, le passé, tel qu'il est implicitement suggéré par son nom, appartient à ce qui n'est plus, et l'avenir, comme son appellation l'indique, demeure à venir, teinté d'incertitude. Alors, pourquoi laisser notre conscience errer ailleurs qu'au sein du moment présent ? Ce présent, dont l'appellation même suggère un don, représente le temps de la création, où nous avons la possibilité de sculpter notre réalité.
N'est-ce pas ici et maintenant que nos actions tracent les contours de notre avenir ? N'est-ce pas dans ce moment précis que notre passé a pris racine et nous a amenés jusqu'ici ?
Le présent, c'est la seule réalité qui soit réellement tangible, le reste n'est que le tissage de notre imagination, des hypothèses sur l'avenir ou des moments révolus du passé.
L'Être, cette essence immuable et omniprésente, existe au-delà des innombrables formes de vie, indépendamment du cycle naissance-mort qui les caractérise. L'Être transcende et infuse chaque forme de vie, en constituant la quintessence invisible et indestructible.
En somme, l'Être est immédiatement à votre portée, au cœur de votre être le plus profond, votre véritable essence. Cependant, il ne peut être saisi ou compris par la pensée analytique. L'Être ne peut être appréhendé qu'en l'absence du bavardage incessant du mental.

L'expérience Méta-morph'Ose

Lorsque vous êtes véritablement présent, lorsque toute votre attention est ancrée dans l'instant présent, vous pouvez ressentir la présence de l'Être. Toutefois, cette expérience échappe aux méandres de la pensée. L'Être ne peut être pleinement saisi que lorsque le brouhaha mental se tait.

Dans cet état de conscience, rétablir la connexion avec l'Être et maintenir cet état de "sentiment de réalisation" représente l'illumination. C'est dans cette illumination que la porte s'ouvre vers une réalité plus vaste et une compréhension plus profonde de l'univers et de notre place en son sein.

Idée n°1 – Accepter le moment présent, comme s'il était choisi

L'idée de choisir d'accepter le moment présent comme s'il était le fruit de notre propre décision est puissante et libératrice. Peu importe les défis auxquels nous sommes confrontés, l'acceptation de notre situation actuelle est essentielle. Le présent est ce qu'il est, et lorsque nous essayons de le lutter ou de le nier, nous nous retrouvons piégés dans un tourbillon de pensées et d'émotions négatives. Cependant, en choisissant de l'accepter, nous nous offrons la possibilité de trouver des solutions constructives. En fait, nous pouvons aller plus loin en inversant notre mentalité, en agissant comme si cette situation était désirée. En adoptant une telle perspective, même les circonstances qui nous angoissent ou nous dérangent peuvent être

L'expérience Méta-morph'Ose

reconsidérées. Accepter le présent nous donne la clé pour transformer l'adversité en opportunité et pour cultiver la sagesse face à l'inconnu.

Idée n°2 – Cette voix dans notre tête

La voix incessante de notre mental peut devenir comme un bourreau intérieur, nous critiquant et nous punissant sans relâche. L'agitation mentale constante entrave notre paix intérieure et notre sérénité. Cependant, il est vital de réaliser que nous ne sommes ni nos pensées ni nos émotions. Nous devons apprendre à être les observateurs de cette voix, à l'écouter sans jugement ni condamnation. Plutôt que d'être à la merci de notre mental, nous pouvons prendre du recul par rapport à lui et, petit à petit, nous libérer de son emprise.

Idée n°3 – Se reconnecter au moment présent

Un moyen efficace de calmer cette voix intérieure est de nous entraîner à vivre pleinement le moment présent. La méditation est une méthode bien connue, mais nous pouvons également intégrer cette conscience du moment présent dans nos activités quotidiennes. Par exemple, lorsque tu effectues une tâche simple comme te laver les mains, concentre-toi pleinement sur les sensations : le son de l'eau, la sensation de la peau, le mouvement des mains, l'odeur du savon. Tu constateras que pendant ce court instant, les pensées ne te perturbent pas. Faire de cette

L'expérience Méta-morph'Ose

pratique une habitude dans toutes tes activités quotidiennes te permettra de te reconnecter régulièrement à l'instant présent.

Idée n°4 – La présence, clé de la liberté

Eckhart Tolle souligne que la peur, l'anxiété et d'autres émotions négatives naissent souvent d'une fixation excessive sur le futur, tandis que le manque de pardon, la culpabilité et le regret proviennent d'une préoccupation persistante pour le passé. Lorsque nous ne sommes pas pleinement présents, ces émotions négatives trouvent refuge et perdurent. Ainsi, à chaque fois que tu ressens une émotion négative, prends un instant pour identifier si elle est liée au passé ou au futur, puis recentre-toi immédiatement sur le présent. Là, et seulement là, l'absence de négativité devient possible.

Idée n°5 – Trois possibilités si une situation t'est trop inconfortable

Nous avons toujours trois options lorsque nous sommes confrontés à une situation inconfortable : se retirer de la situation, la changer ou l'accepter pleinement. C'est un rappel fort de notre responsabilité dans la construction de notre vie.
Si quelque chose nous dérange, nous avons le pouvoir de choisir comment y réagir. Nous pouvons décider de nous retirer si c'est possible, de travailler pour changer la situation si cela est

L'expérience Méta-morph'Ose

envisageable, ou d'accepter la situation si les deux premières options ne sont pas viables. Chacun de ces choix a des conséquences, et il est essentiel d'assumer ces conséquences sans se chercher d'excuses. Cette prise de responsabilité est au cœur de notre liberté de choix et de notre capacité à façonner notre réalité.

Le point zéro : L'Équilibre des Croyances et la Convergence
Tout ce qui existe trouve sa réalité à travers le prisme de nos croyances. C'est en fonction de nos convictions que nous percevons, ressentons et expérimentons le monde qui nous entoure. Cependant, cette interprétation binaire nous conduit souvent à fermer les portes à l'autre et à nous-mêmes, oubliant que l'autre fait partie du grand tout, tout comme nous.
Résister aux divergences d'opinion, aux multiples expériences et aux différences conceptuelles, c'est se priver de la vaste Vérité, qui naît de la fusion de multiples facettes.
C'est ici que le concept de point zéro prend tout son sens : un point d'union où deux croyances opposées se rencontrent pour former une nouvelle vérité.
Avant la croyance et son antithèse, il existe un état neutre, une toile vierge, qui englobe tous les possibles, symbolisé par le point zéro.
En tant que centre de non-jugement, de non-dualité et de non-polarité, le point zéro accueille l'ensemble des existences sans conflits ni

L'expérience Méta-morph'Ose

oppositions. À cet endroit, l'ego se dissipe naturellement, car il n'y a rien auquel il puisse s'accrocher, et on peut même dire qu'à ce niveau, il n'a pas d'existence.

Le point zéro ne cherche pas à diriger, il est le carrefour de toutes les directions.

En fin de compte, dans la vie, personne ne possède la vérité absolue car nous percevons à travers notre prisme de croyances individuelles. Cependant, il est important de réaliser que cet éventail de croyances n'est pas statique, mais qu'il oscille comme un mouvement de balancier. Chaque fois que notre éventail de croyances se déplace, le point zéro se dévoile. C'est ainsi que nous pouvons dépasser nos croyances et découvrir une perspective plus large.

Je vous convie à explorer ce point zéro, dans tous les aspects de votre vie, qui représente l'équilibre, la paix et l'amour. Pour y parvenir, agissons en harmonie avec l'équilibre, la paix et l'amour.

Efforçons-nous d'incarner ce point zéro, en acceptant l'existence de toute chose dans le vaste Tout. En faisant cela, nous pouvons embrasser la diversité de croyances et converger vers un espace d'harmonie, d'unité et de compréhension.

La Révolution du Travail : Redéfinir l'Épanouissement

La quête de bonheur au sein de nos métiers, combien d'entre nous la réalisent véritablement ? Combien trouvent une réelle épanouissement et joie dans leur travail quotidien ? La réponse est

L'expérience Méta-morph'Ose

complexe et probablement bien différente pour chacun.

Dans nos sociétés modernes, le travail occupe une place prépondérante. Il devient souvent l'étiquette par laquelle nous sommes identifiés dès le premier échange. Les émissions de télévision évoquent systématiquement la profession d'un candidat et les formulaires administratifs nous pressent d'indiquer notre métier. Dès l'école, les enfants sont poussés à anticiper leur futur emploi...

Ainsi, le travail devient un socle, un pilier sur lequel notre vie semble reposer. Mais, je repose la question : combien d'entre nous ressentent réellement une satisfaction dans leur travail actuel ? Cette satisfaction n'est-elle pas souvent absente ?

L'angoisse qui étreint le dimanche soir, la tension qui serre le ventre durant les réunions, l'accumulation de tâches malgré nos efforts acharnés... tout cela est-il une invention de notre imagination ?

Nous avons été conditionnés à croire que le travail était le noyau central de notre existence, et cette croyance s'est incrustée dans nos esprits.

Cependant, inconsciemment, nous fusionnons avec notre emploi. Un bon poste peut nous faire sentir importants et accomplis, tandis qu'un emploi sous-estimé peut miner notre estime de soi. Nous lions notre valeur personnelle à notre travail.

Pourtant, rappelons-nous que le travail est censé être "l'ensemble des activités humaines organisées, coordonnées en vue de produire ce qui

L'expérience Méta-morph'Ose

est utile". Cette définition pourrait sembler idéale, mais elle est peut-être obsolète dans le monde d'aujourd'hui.

Il est temps de repenser notre relation au travail. Il est temps de redéfinir ce qu'est véritablement le succès professionnel et personnel. L'angoisse du dimanche soir et les tensions liées aux réunions ne devraient pas être incontournables. Le travail ne devrait pas définir totalement notre identité et notre valeur.

La révolution du travail consiste à créer un espace où le travail devient une extension de notre épanouissement, où l'accomplissement personnel ne dépend pas uniquement de la reconnaissance professionnelle. Cela signifie repenser nos valeurs et nos priorités, trouver un équilibre entre les responsabilités professionnelles et les moments de joie personnelle, et chercher des voies où notre contribution ait un sens profond et un impact positif sur le monde.

Il est temps de se réapproprier notre vie et de redéfinir le travail de manière à ce qu'il soit aligné avec notre bonheur, notre bien-être et notre épanouissement. C'est ainsi que nous pourrons libérer notre créativité et notre potentiel, et contribuer au monde de manière significative.

Repenser le Travail : Vers l'Épanouissement et l'Harmonie
Il est grand temps de redéfinir notre relation avec le travail. Plutôt que de le considérer comme une chaîne qui entrave nos mains, voyons-le comme

L'expérience Méta-morph'Ose

une opportunité de développer nos compétences et nos talents.

Le travail ne devrait jamais se muer en une prison, mais être la clé qui ouvre les portes de notre épanouissement personnel. Plutôt qu'une charge personnelle accablante, il devrait être le sac où nous déposons nos idées créatives et nos ambitions.

En ces temps où le malaise grandit et les divisions s'intensifient, nous devons réinventer le travail en tant que force unificatrice. Plutôt que de nous séparer et nous soumettre, il devrait nous rassembler autour d'une cause commune.

Malheureusement, il est devenu évident que le travail n'est plus souvent un vecteur de merveilleux épanouissement. Le bien-être dans le milieu professionnel est en déclin, et les règles deviennent plus rigides pour contenir cette détérioration. Il est temps de reconnaître que le but premier du travail ne devrait pas être l'enrichissement d'une élite, mais bien l'épanouissement individuel et collectif.

Cela n'est pas un jugement, mais une constatation. Il existe encore des exceptions heureuses, mais il est indéniable que trop de travailleurs se trouvent en malaise. Combien d'entre nous travaillent pour le plaisir de créer, d'apprendre, de transmettre, de grandir ? L'essence véritable de la vie ne se réduit pas au travail tel qu'il est trop souvent conçu.

Lorsque les contraintes deviennent écrasantes, le travail peut se transformer en source de maladies physiques et mentales. Tout ce qui est fait à

L'expérience Méta-morph'Ose

contrecœur ne peut être considéré comme correct. Nous devons reconnaître que tout travail non désiré n'est pas approprié.

Il est temps de prendre conscience de ce déséquilibre. La vie ne se limite pas au travail, elle est faite de créativité, de rires, de jeux, de danses, d'émerveillement, de flâneries, d'amour, d'apprentissage et de transmission. Si notre travail devient une source de plaisir et d'amour, il cesse d'être un simple travail pour devenir notre voie authentique.

Il est en notre pouvoir d'inventer la vie que nous souhaitons vivre. Il n'est jamais trop tard pour cela. Confucius l'a si justement souligné : "Choisissez un travail que vous aimez et vous n'aurez plus à travailler un seul jour de votre vie."

Osons réinventer le travail comme une expression de notre passion, de notre créativité et de notre amour, et contribuons ainsi à un monde où chaque jour est une célébration de notre épanouissement personnel et collectif.

Le Syndrome de l'Imposteur : Libérer notre Lumière Intérieure

De plus en plus d'entre nous entendent l'appel de leur cœur, une mélodie intérieure qui les guide vers une nouvelle voie, souvent exigeant un virage à 180 degrés dans leur activité professionnelle.

Naturellement, le désir de trouver une vocation en harmonie avec notre essence s'éveille. Beaucoup explorent les options disponibles, envisageant formations, initiations, stages et autres moyens

L'expérience Méta-morph'Ose

pour se préparer à ce changement. D'autres, tout aussi courageux, optent pour l'autodidaxie, lisant, expérimentant et explorant par eux-mêmes.

Pourtant, quels que soient les chemins empruntés, une question universelle se pose : celle de la légitimité. Ces moments d'interrogation sont une preuve de notre sagesse, car ils nous incitent à prendre du recul sur notre trajectoire.

Cependant, il est crucial de ne pas laisser ces doutes devenir un obstacle. Ils sont là pour nous pousser à grandir, à illuminer nos zones d'ombre. Le syndrome de l'imposteur, cette sensation de ne pas être à notre place ou de ne pas être légitime, peut surgir de nous-mêmes ou des influences extérieures.

Dans ma perspective, cette phase de remise en question constitue une initiation vitale. Surmonter le sentiment d'illégitimité offre une clé précieuse pour la suite de notre parcours. Lorsqu'on réalise vraiment que nous n'avons rien à prouver, ni aux autres ni à nous-mêmes, notre stabilité intérieure se renforce. C'est alors que naît notre force intérieure et que notre éclat rayonne, fondé sur la confiance et l'amour-propre. La loi de la résonance joue un rôle ici : une fois que nous croyons en nous-mêmes, les doutes des autres s'estompent.

N'ayez plus peur de ne pas avoir votre place dans la voie que vous envisagez. Si une aspiration, un appel émerge en vous, cela signifie que les énergies correspondantes résident déjà en vous. Par exemple, si vous ressentez l'envie de guérir,

L'expérience Méta-morph'Ose

c'est parce qu'au plus profond de vous sommeille un guérisseur en puissance.

Cessez de douter de vos capacités. Si vous êtes ici, c'est parce que vous êtes capable. Si une aspiration particulière vous guide, c'est que vous êtes ici pour la suivre. Mettons fin une fois pour toutes au syndrome de l'imposteur. Il n'a pas sa place parmi les porteurs de lumière.

Se considérer imposteur signifie précisément ignorer les murmures de notre âme. Reconnaissons que nous sommes légitimes dans notre quête et embrassons la vérité que notre existence a une signification. Le temps est venu de laisser notre lumière intérieure briller, sans réserve, et de marcher fièrement sur le chemin qui nous appelle.

Le Syndrome du Sauveur : Révéler sans Convertir
Comme son nom l'indique, le syndrome du sauveur révèle le besoin, souvent inconscient, de vouloir sauver les autres. C'est une tendance largement répandue qui touche chacun à des degrés divers. Qui n'a jamais ressenti le désir de secourir un être cher, voire même un étranger ? Qui n'a jamais été convaincu d'avoir la vérité au point de vouloir l'imposer à autrui ? Qui n'a jamais rêvé de se voir en héros d'une situation ?

Cependant, une réalité fondamentale est souvent négligée : en vérité, personne ne sauve personne !
Le désir de sauver autrui est une démarche teintée d'égocentrisme, servant surtout à apaiser nos propres incertitudes et à renforcer nos convictions.

L'expérience Méta-morph'Ose

En effet, le malaise surgit lorsque les croyances d'autrui défient les nôtres. En revanche, les idées divergentes de l'autre ne nous perturbent guère, car nous y voyons une source potentielle d'évolution. L'impulsion de "sauver" surgit seulement lorsque quelque chose nous effraie. Car, au fond, sauver autrui revient à tenter de se sauver soi-même. Mais se sauver de quoi ? Cette question réclame une introspection profonde.

La peur est ce qui divise les cœurs, ce qui sépare les gens. Or, qu'est-ce que la peur, sinon une méconnaissance ? Le sauveur cherche avant tout à s'assurer, à calmer ses propres inquiétudes, en imposant subconsciemment sa propre vision des choses.

Alors, comment distinguer celui qui souhaite sauver de celui qui veut simplement éclairer ? => Ne prenez jamais rien pour acquis, vivez-le, expérimentez-le, ressentez-le, sans chercher à l'imposer aux autres à votre tour !

Les âmes égarées : Une Lumière dans l'Ombre
Au seuil de la mort corporelle, certaines âmes ne se dirigent pas vers les plans supérieurs, demeurant en ces lieux terrestres.

Les raisons de ce phénomène sont aussi diverses que les âmes qui peuplent la Terre. Cela va des âmes qui n'ont pas encore saisi que leur enveloppe physique est éteinte (souvent issues de morts violentes, brutales, ou d'accidents), jusqu'aux âmes qui doutent de l'existence d'une réalité postérieure, ou encore aux âmes attachées à leurs familles, à

L'expérience Méta-morph'Ose

leurs biens matériels... Chaque âme a ses motifs particuliers.

Nous avons la capacité d'aider celles qui n'ont pas encore perçu qu'elles ont quitté ce monde, en leur expliquant avec délicatesse leur situation. Pour celles qui sont angoissées, nous pouvons les réconforter en leur affirmant qu'un monde bienveillant les attend. Pour celles qui hésitent à franchir le pont vers la lumière, nous pouvons les accompagner par nos pensées.

Cependant, il convient de respecter la décision des âmes qui choisissent de ne pas s'élever, car ce choix leur appartient. Elles ont probablement des affaires à conclure ici, des adieux à prononcer, des regrets à apaiser.

Si nous devions quitter ce monde demain, pourrions-nous abandonner nos enfants, nos parents, sans un dernier regard ?

Lorsque ces âmes se sentent prêtes à s'élever vers l'au-delà, elles se rapprochent souvent d'un "médium", sollicitant son aide. Le médium utilise sa visualisation créative et ses mots apaisants pour guider ces âmes vers la lumière.

Les âmes égarées portent souvent une tristesse profonde, incapables de saisir complètement leur situation. Parfois, nous pouvons ressentir leurs vibrations empreintes de nostalgie dans notre chakra cœur. Le respect envers elles est crucial, tout comme la patience et la douceur. N'ayons pas peur d'elles, rappelons-nous que chaque âme a été mère, père, grand-parent, fils, fille, voisin... Ne les redoutons pas. Cessons de diaboliser les âmes

L'expérience Méta-morph'Ose

perdues et de les associer à des esprits malveillants.

Certes, il peut y avoir quelques âmes moins amicales, mais nul besoin de s'inquiéter. Nous sommes naturellement protégés, et c'est lorsque nous doutons de cette protection qu'une vulnérabilité peut émerger.

L'Univers agit comme un aimant, attirant des énergies de peur qui peuvent attirer des entités de basse vibration. Dans cette dynamique, il est essentiel de maintenir notre état d'être dans l'amour.

Il est important de souligner que l'âme diffère du fantôme.

Un fantôme représente essentiellement une illusion, une empreinte mémorielle. C'est comme une image qui s'effacera progressivement avec le temps. En effet, les éléments naturels tels que la pierre et le bois (ainsi que toute matière vivante de la Terre) possèdent leur propre mémoire. Lorsqu'un événement chargé de basses vibrations survient dans un lieu en bois ou en pierre, ces matériaux enregistrent cette scène dans leur structure et peuvent parfois la rejouer de manière répétitive, comme sur un écran de cinéma. La mémoire réside également en eux, tout comme chez les arbres et les plantes qui vivent et se souviennent.

Il est important de comprendre que le fantôme n'a pas d'existence solide et ne peut pas être véritablement contacté, car il n'a pas de forme réelle.

L'expérience Méta-morph'Ose

Les fantômes sont considérés comme des entités surnaturelles, souvent décrites comme des esprits ou des âmes de personnes décédées qui hantent des lieux ou des objets particuliers. Bien que la croyance en l'existence de fantômes soit répandue à travers différentes cultures, il n'existe pas de preuves scientifiques concluantes confirmant leur existence.

Les témoignages de rencontres avec des fantômes varient largement, allant de manifestations floues ou nébuleuses à des apparitions claires et nettes de personnes décédées. Certaines personnes signalent des sensations physiques telles que des frissons, des odeurs étranges ou des bruits inexplicables en présence de fantômes. Dans certains cas, des objets peuvent sembler être déplacés ou manipulés de manière inexplicable.

Différentes explications ont été avancées pour les phénomènes de fantômes, allant de causes psychologiques telles que des hallucinations ou des expériences de dissociation, à des explications paranormales impliquant des esprits de défunts ou des énergies surnaturelles. Cependant, la plupart des scientifiques et des sceptiques considèrent que les phénomènes de fantômes résultent de l'imagination ou de l'interprétation erronée de stimuli sensoriels.

En fin de compte, la question de l'existence des fantômes reste liée à la croyance personnelle. Bien que les preuves scientifiques à leur sujet soient limitées, les récits de rencontres avec des entités

L'expérience Méta-morph'Ose

surnaturelles continuent de fasciner et d'intriguer les gens à travers le monde.

OUTILS :
Les chiffres

Les séquences de chiffres qui semblent vous suivre et vous intriguer, comme le 22:22 ou les occurrences du chiffre 8, peuvent en effet attirer notre attention et avoir des significations profondes. Les nombres portent souvent des vibrations et des significations symboliques qui peuvent résonner avec des aspects de notre vie ou de notre parcours. Certains croient que ces séquences numériques peuvent être des signes ou des messages de l'univers, peut-être pour nous guider, nous encourager ou nous apporter une prise de conscience particulière.
L'étude des nombres peut prendre plusieurs formes, telles que la numérologie. En numérologie, les chiffres sont associés à des traits de personnalité, des énergies et des influences spécifiques. Par exemple, le chemin de vie est calculé à partir de la date de naissance et offre des informations sur le but et les défis fondamentaux d'une personne dans cette vie. D'autres aspects, comme les nombres d'expression et les nombres de cœur, peuvent donner des éclairages plus détaillés sur différents aspects de la personnalité et des expériences de vie.
Lorsque vous examinez votre propre date de naissance et les chiffres qui y sont associés, cela

L'expérience Méta-morph'Ose

peut souvent révéler des éléments intéressants et parfois surprenants de votre personnalité, de vos forces et de vos défis. Cela peut également offrir des perspectives sur la direction que votre vie pourrait prendre et comment vous pourriez mieux vous aligner avec votre vrai moi intérieur.

Si vous êtes curieux de découvrir plus en détail les significations des chiffres dans votre vie, la numérologie peut être un moyen fascinant d'exploration. Que ce soit à travers votre chemin de vie, les nombres clés de votre nom, ou d'autres aspects de votre identité, il y a souvent beaucoup à apprendre en déchiffrant les messages que les nombres peuvent contenir.

TABLE DE CORRESPONDANCE LETTRES-NOMBRES								
1	2	3	4	5	6	7	8	9
A	B	C	D	E	F	G	H	I
J	K	L	M	N	O	P	Q	R
S	T	U	V	W	X	Y	Z	

Principes de Base

« Contre le Système il va donc te falloir inventer une autre forme de révolution.

Je te propose de mettre entre parenthèses une lettre.

Au lieu de faire la révolution des autres, fais ta (r)évolution personnelle.

L'expérience Méta-morph'Ose

Plutôt que de vouloir que les autres soient parfaits, évolue toi-même.
Cherche, explore, invente.
Les inventeurs, voilà les vrais rebelles !
(…)
Il existe forcément une troisième voie qui consiste à aller de l'avant.
Invente-la.
« Ne t'attaque pas au Système, démode-le ! »
(…)
extrait du "livre du voyage" de Bernard Werber, ce passage résonnera dans le cœur de chaque guerrier de lumière, adulte et enfant.

Réveille-toi ! Éveille-toi ! Révèle-toi ! Élève-toi !
Le commencement de tout réside dans ce réveil, ce moment où le son du matin t'extirpe de ton état de sommeil perpétuel. L'alarme peut être un doux murmure ou une cacophonie bruyante, elle signale souvent un tournant crucial, parfois douloureux, rarement empreint de joie.
Quelle que soit la cause initiale, lorsque le réveil chasse les étoiles de la nuit, ta vie subit une transformation totale, tout est chamboulé, bouleversé. Tu réalises qu'un nouveau jour s'est levé, et même si les premières lueurs sont encore voilées de brume, tout semble si différent... que s'est-il passé ? Le somnambule quitte sa torpeur.
- Éveille-toi ! Élève-toi !

Ensuite vient l'éveil, ton propre éveil, le brouillard se dissipe peu à peu de ton chemin. Le soleil apparaît timidement et révèle un monde altéré.

L'expérience Méta-morph'Ose

Pourtant, rien n'a vraiment changé, sauf que désormais tu perçois les ficelles qui étaient autrefois dissimulées.

Tu comprends maintenant comment le monde en est arrivé là, car tu saisis les retombées de nos choix passés. Le voile est levé, la réalité se révèle, et il t'appartient désormais de la modifier.

Tu décodes les messages, telle une vigie qui crie "terre en vue !".

- Révèle-toi ! Élève-toi !

Le jour arrive où tu te révèles, d'abord à toi-même avant de le faire aux autres. Avec les ficelles désormais visibles, tu refuses d'être manipulé. Plus question de perpétuer ce monde tel qu'il est, tu oses donc prendre de nouvelles directions, sortant du rang pour enfin être toi.

Tu empruntes ta voie, indépendamment des jugements d'autrui.

Tu deviens le changement que tu souhaites voir sur cette planète, conscient que tout débute par ton être.

Tes rêves prennent forme dans la réalité, et ainsi, tu offres au monde un fragment de tes ailes.

Tu passes du statut d'observateur à celui d'acteur, prêt à influencer l'histoire plutôt que d'en être simple spectateur.

- Élève-toi ! ET-lève-toi !

La dernière étape te voit t'élever, tu deviens le maître qui guide l'élève. Tu as réussi à altérer ton monde, la colère en toi n'est plus que fronde. Tu comprends que le changement émane de soi, et

L'expérience Méta-morph'Ose

qu'attendre qu'il vienne de l'extérieur est vain. Ton cœur reste aligné, te guidant vers le bonheur sans dévier.

Ces choix nouveaux que tu t'appropries, ton voisin les embrasse aussi, ce que tu as osé révéler de ton univers, pour beaucoup, est devenue la source d'une ère nouvelle.

Assez sage pour ouvrir un passage fabuleux, tu éclaires le chemin, c'est indubitable. Un chemin où l'on entrevoit le monde de demain, un monde qui déjà nous tend la main.

Réveille-toi ! Éveille-toi ! Révèle-toi ! Élève-toi !

Gratitude pour ton exemple, ensemble nous érigeons ce temple formidable. Le monde que nous aspirons à voir, c'est d'abord à l'intérieur de nous qu'il se façonne, le reste suit naturellement.

Aujourd'hui, nul d'autre que toi ne peut changer ce qui est.

" C'est normal si je me sens mal dans ma vie, j'ai le syndrome du jumeau perdu " " J'ai rencontré ma flamme jumelle, mais c'est tellement fort que nous n'arrivons pas à nous aimer sans nous blesser " " Vivement que la flotte intergalactique vienne libérer la Terre de tous ces méchants " " Maître X m'a initié à la technique Y et ouvert mon canal de lumière " " Tiens, je vais me lancer dans les soins/tirages/accompagnements, c'est un secteur qui a l'air de bien marcher " Etc... Ou quand la spiritualité devient un simple effet de mode.

L'éveil est une réalité, mais la quête de l'éveil peut être entachée de complexités inutiles. S'éveiller

L'expérience Méta-morph'Ose

demeure un processus simple et naturel, s'enracinant dans le cœur et se nourrissant de l'expérience. L'éveil ne réside pas dans l'adhésion à des stéréotypes, mais dans la libération de leur emprise, dans la clarté du discernement et la sortie des cages des croyances.

Si nous attribuons notre mal-être au syndrome du jumeau perdu, alors que c'est en réalité notre résistance au changement qui nous affecte, nous nommons nos maux de manière inappropriée.

Si nous convainquons qu'un partenaire qui nous blesse est notre flamme jumelle, alors que simplement il n'est pas le partenaire qui nous convient, nous nous enchaînons inutilement à la souffrance et justifions des comportements nuisibles.

Si nous attendons un vaisseau spatial salvateur à une date précise, alors que notre propre capacité d'action et de changement est la véritable clé, nous nous enfermons dans une attente illusoire et décevante.

Si nous croyons qu'une initiation déterminée nous rendra enfin complets, nous nous perdons dans une quête éternelle, sous-estimant notre potentiel intrinsèque.

Si nous nous lançons dans des activités spirituelles tendance sans réelle intention, nous risquons d'altérer notre authenticité et d'attirer des interactions déséquilibrées avec d'autres.

Il est temps de redonner à la spiritualité sa véritable essence : un chemin de découverte personnelle, de reliance avec l'âme et avec l'univers, loin des

L'expérience Méta-morph'Ose

artifices de la mode. Une quête qui réside dans l'authenticité, le discernement, et le profond respect pour notre propre pouvoir intérieur.

La spiritualité est une voie bien loin de l'éphémère tendance, elle transcende les engouements passagers pour s'enraciner dans un mode de vie. Elle ne se contente pas d'être une simple croyance, mais exige de chaque individu qu'il occupe sa propre place, qu'il cesse de quémander des réponses extérieures ou un sauveur, et qu'il assume sa responsabilité en s'engageant activement dans son processus de guérison, en prenant des décisions justes et éclairées.

Être éveillé implique de manifester un discernement éclairé, d'exercer un discernement dans chaque mot que nous lisons, chaque parole qui nous parvient, chaque proposition qui s'offre à nous. C'est être capable de reconnaître les pièges et les tromperies dissimulées.

Croire que l'on a perdu un jumeau, être en communion avec notre flamme jumelle, espérer qu'un vaisseau spatial viendra nous libérer, ou même attribuer à une initiation le pouvoir de tout révolutionner, tout cela peut temporairement apaiser nos peurs en donnant un sens à une situation qui nous blesse en réalité. Cependant, de telles croyances ne nous conduisent pas vers la liberté véritable.

En réalité, ces convictions tendent à nous éloigner de la réalité, à ériger des écrans protecteurs derrière lesquels nous nous cachons de la vérité.

L'expérience Méta-morph'Ose

Elles deviennent des stratégies d'évitement, des illusions qui nous évitent de confronter la réalité, qui nous empêchent d'affronter nos propres créations douloureuses.

Il est vrai que cela peut être délicat d'admettre que notre propre douleur est en partie une création de notre esprit, plutôt qu'un syndrome extérieur. Accepter que notre partenaire ne nous aime pas comme nous le souhaiterions, reconnaître que notre cheminement spirituel peut parfois être solitaire, ce sont des vérités difficiles à avaler.

Cependant, c'est dans l'affrontement de ces vérités que réside notre libération. Pour ce faire, il faut nourrir notre sens critique, se responsabiliser et faire preuve de lucidité. Nous ne pouvons guérir ce que nous refusons de confronter. En fin de compte, la spiritualité véritable nous appelle à regarder au-delà des illusions, à abandonner les excuses et à embrasser la réalité telle qu'elle est, pour ainsi entreprendre un voyage authentique vers la guérison et l'épanouissement.

OUTILS :
Développer son sens critique

Développer son sens critique est un processus qui demande du temps et de la pratique. Voici quelques conseils pour vous aider à y parvenir :

> Remettez en question vos croyances et opinions : Prenez le temps d'analyser pourquoi vous croyez en certaines choses. Sont-elles fondées sur des faits solides ou

L'expérience Méta-morph'Ose

sur des préjugés et des opinions populaires ? Soyez prêt à remettre en question vos propres convictions.

Soyez curieux et recherchez des informations : Ne vous contentez pas de ce que vous entendez dans les médias ou ce que vous apprenez à l'école. Cherchez des sources d'information fiables et prenez le temps de vérifier les faits avant de tirer des conclusions.

Pratiquez la pensée critique en posant des questions : Lorsque vous êtes exposé à une affirmation ou à une opinion, ne prenez pas tout pour argent comptant. Posez des questions pour en savoir plus et pour comprendre les raisonnements derrière ces déclarations.

Identifiez les biais : Les biais sont des préjugés qui peuvent influencer la présentation des informations. Apprenez à les repérer afin de ne pas être influencé par des perspectives partiales.

Soyez ouvert d'esprit et prêt à changer d'avis : Le sens critique implique la flexibilité mentale. Soyez prêt à remettre en question vos propres croyances et opinions si de nouvelles informations ou perspectives émergent.

Utilisez des approches logiques pour résoudre les problèmes : Pratiquez la résolution de problèmes en posant des hypothèses, en rassemblant des preuves et

L'expérience Méta-morph'Ose

en évaluant la validité de ces preuves pour parvenir à des conclusions rationnelles.

Échangez avec les autres et écoutez leurs perspectives : Engagez des discussions avec d'autres personnes et écoutez attentivement leurs points de vue. Cherchez à comprendre leurs perspectives avant d'exprimer la vôtre. Cela peut vous aider à élargir votre compréhension et à voir les choses sous différents angles.

En développant régulièrement ces compétences, vous renforcerez votre sens critique et serez mieux équipé pour prendre des décisions éclairées, fondées sur des preuves et une réflexion approfondie.

Tous guérisseurs
Dans chaque être réside un potentiel de guérison. Pourtant, certains doutent de cette capacité, et ce sont précisément ces doutes qui peuvent entraver le flux de guérison.
Laisser de côté ne signifie pas abandonner. En réalité, nous avons le pouvoir de réclamer notre capacité à guérir. La clé réside dans la foi. Lorsque nous croyons en notre aptitude à guérir, nous devenons des guérisseurs. Nous sommes des créateurs, donnant vie à notre réalité à partir de nos pensées. Ainsi, nous pouvons choisir de laisser notre capacité dormir ou de la réveiller.
Le domaine de la guérison peut paraître intimidant, vaste et sans fin. Entre le magnétisme, le reiki, la pranathérapie, l'ayurveda, l'hypnose, il est facile de

L'expérience Méta-morph'Ose

se sentir perdu, insignifiant, à l'écart de ce fascinant domaine. Les doutes s'insinuent et nous pensons que seuls les "vrais" guérisseurs, ceux qui sont nés pour cela, peuvent y exceller.

Pourtant, le simple désir de guérir, venant du cœur, est extrêmement puissant. Nul besoin de rituels complexes, de noms ésotériques, ou d'initiations variées. Nous sommes tous enracinés dans le potentiel de guérison, c'est intrinsèque à notre nature.

Certes, les spécialités peuvent être utiles, elles offrent des bases, renforcent la confiance en soi, mais n'oublions jamais que l'art de guérir découle du cœur, de notre essence même.

De plus, l'art de guérir ne se limite pas à ce fluide merveilleux en nous. Il s'exprime également dans les mots, en donnant un nom aux douleurs, en consacrant du temps à une personne seule et triste, en apaisant un ami en détresse. Parfois, un simple mot, un geste, une attention suffisent.

Soyons tous des guérisseurs, peu importe le nom, la discipline ou la formation. L'énergie de guérison réside dans nos cœurs, accessible à tous, pour tous, en tout temps. Nous avons le pouvoir de transformer, d'apaiser et d'élever, un geste à la fois, guidés par la compassion et l'amour.

Tous maîtres
Parfois, un livre, un article, un enseignement ou même un simple mot nous touche au plus profond de notre être, comme une révélation qui éclaire

L'expérience Méta-morph'Ose

notre chemin. Une porte, auparavant inaperçue, s'ouvre subitement devant nous.

Une fois que nous avons franchi ce seuil, cette porte devient une évidence, et nous nous demandons comment nous avions pu la manquer jusqu'à présent. Comment avons-nous pu ignorer sa présence ?

Sachez que cet enseignement n'était pas étranger à vous, car seules les vérités que nous portons en nous peuvent résonner dans notre cœur avec autant de puissance. Une révélation, bien loin d'être un apprentissage extérieur, est en réalité une révélation intérieure. C'est comme si un rideau tombait, révélant ce qui était déjà là.

En effet, nous possédons déjà en nous une grande part de connaissance. Ce que nous croyons apprendre n'est souvent qu'une activation, un réveil de nos mémoires enfouies depuis longtemps.

C'est cette réalité qui explique les frissons qui nous parcourent lors d'une révélation. Une vibration pure qui émane du cœur et parcourt nos énergies jusqu'à notre corps physique.

Observez comme tout prend racine en nous, pour ensuite se manifester à l'extérieur et submerger notre être tout entier. C'est une symphonie intérieure qui trouve sa mélodie à travers notre expérience extérieure.

Quand l'apprentissage prend une forme nouvelle, un processus inverse se produit. L'enseignement pénètre alors par le chakra couronne, au sommet de la tête, et descend jusqu'à toucher notre cœur.

L'expérience Méta-morph'Ose

Une graine de savoir est ainsi semée, mais elle ne germera pas immédiatement. Elle exige d'être nourrie, entretenue et chérie jusqu'au jour où elle s'épanouira, libérant en nous une nouvelle révélation. Une révélation qui, à son tour, nous guidera vers une compréhension plus profonde de nous-mêmes et du monde qui nous entoure.

Tous UN
Oui, nous sommes tous un, indépendamment de ce qui est visible ou non. Pourquoi en sommes-nous un exemple parfait ? Parce que nous émanons de la même source d'énergie universelle, et lorsque nous nous unissons, nous incarnons la totalité de l'univers.
Cet univers, dans sa totalité, englobe tout ce qui est : l'obscurité et la lumière, le bien et le mal, la vérité et le mensonge, sans jugement ni séparation. Ainsi, affirmer que nous sommes tous un ne signifie pas que nous œuvrons tous pour les mêmes causes, que nos pensées convergent toutes, que nos désirs sont uniformes, ou que nous envisageons tous l'avenir de la même façon. Bien au contraire.
En tant qu'êtres incarnés, nous sommes individuels par nature. Nous nous sommes temporairement écartés (mais pas détachés) de la source première pour expérimenter la matérialité. Pour ce faire, nous avons adopté ce corps charnel qui semble nous séparer de nos semblables. C'est là le dessein recherché.

L'expérience Méta-morph'Ose

Notre expérience humaine nous permet de vivre en tant qu'individus uniques. Le "moi" est un jeu, une mascarade, et ce "moi" est porteur d'idées, de désirs, d'opinions et d'aspirations. Pourtant, sous tous ces masques, demeure l'unité fondamentale.

Nos expériences nous définissent en nous aidant à nous redécouvrir. Comment pourrions-nous connaître qui nous sommes si nous n'interagissions pas avec ce qui ne nous ressemble pas ?

Ce qui semble distinct de nous a pourtant le pouvoir de nous réunir, de nous révéler à nous-mêmes. C'est un processus d'union, un retour à l'unicité.

Trop souvent, nous assimilons l'unité à une notion d'alignement universel, où chacun s'insère dans une case commune et pointe dans la même direction. Cependant, une telle vision restreint l'unité à une perspective très humaine, teintée d'ego, qui paradoxalement sépare les individus les uns des autres et s'écarte de la notion de "un".

Il est important de comprendre que chacun ne travaille pas nécessairement pour le bien de la planète et de ses habitants. Il suffit de constater la réalité telle qu'elle est. Cependant, ce constat n'annule pas le concept d'unité. L'unité persiste et existera toujours en tant que lien entre nous, au cœur de ce que nous traversons ensemble.

Chaque individu vit ce qui lui est propre, et la révolution actuelle est une expérience partagée. Il y a ceux en faveur du changement et ceux qui s'y opposent, des mensonges et des vérités, l'ancien monde qui décline face au nouveau qui émerge.

L'expérience Méta-morph'Ose

Quoi qu'il en soit, nous vivons TOUS cela ensemble, en tant qu'unique et même entité.

Un autre regard sur le monde
Notre perception du monde ne découle pas de sa réalité intrinsèque, mais plutôt de notre propre être intérieur. Cette vérité profonde demeure souvent méconnue, expliquant ainsi les divergences multiples que nous observons.
Chaque expérience, chaque individu, chaque objet, agit comme un miroir reflétant notre identité.
Inconsciemment, nous projetons des fragments de notre essence dans le Tout qui nous entoure. Par conséquent, le Tout, tel un écho, nous renvoie une image de nous-mêmes.
Pour les observateurs attentifs, cette image reflétée offre un aperçu des profondeurs internes qui nous caractérisent.
La guérison de nos blessures, la compréhension de nos expériences et l'acceptation de notre vécu sont des étapes cruciales pour faire entrer la positivité dans notre existence, et l'y maintenir durablement.
À mesure que nous pansons nos blessures intérieures, notre épanouissement s'amplifie. Nous nous ouvrons davantage à la tolérance et à la bienveillance envers autrui.
Ainsi, je le souligne : nous ne voyons pas le monde tel qu'il est en réalité, mais tel que nous sommes, ou mieux encore, tel que nous choisissons d'être. À mesure que notre positivité et notre amour grandissent, notre monde devient lui aussi plus lumineux et bienveillant.

L'expérience Méta-morph'Ose

Y croire pour le voir
Dans les domaines de la spiritualité, on entend souvent l'expression "il faut y croire pour le voir", en contraste avec le monde matériel où la maxime serait plutôt "il faut le voir pour le croire". Cependant, ni l'une ni l'autre de ces expressions ne représente véritablement la voie du milieu.

"Y croire pour le voir" possède une signification profonde. Cela suggère que notre croyance préalable en quelque chose est nécessaire pour que cette chose se manifeste. En d'autres termes, nos croyances finissent par prendre forme grâce à notre pouvoir créatif, et il serait juste d'affirmer que la réalité n'est construite que par nos propres pensées.
Logiquement, si je crois en l'existence d'un ange gardien, ma foi en engendrera une forme d'énergie correspondante. Si j'affirme que la souffrance est nécessaire pour apprendre à guérir, je vivrai cette expérience en renforçant ce principe grâce à mon pouvoir créatif.
Tout découle de notre esprit. Ce que nous croyons, nous le créons, et nous expérimentons ensuite ces croyances. Nous possédons tous ce pouvoir créatif, mais bien souvent, nous le cédons à autrui sans en être conscients.
Combien de fois avons-nous entendu dire à quelqu'un qui ne parvenait pas à "voir", "entendre" ou "ressentir" : "C'est normal, tu dois d'abord y croire !". En réalité, cela signifie que nous devons

L'expérience Méta-morph'Ose

accepter les croyances des autres pour qu'elles deviennent les nôtres, et ainsi se manifester.

Inconsciemment ou non, nous utilisons le pouvoir créatif des autres pour nourrir nos propres croyances. Les croyances orientées vers un point spécifique peuvent entrer en résonance et former de puissants agrégats d'énergie, des champs fertiles pour leur manifestation, d'où le concept "y croire pour le voir". Cependant, ces croyances peuvent devenir des entraves si on ne les remet jamais en question, si on accepte tout ce qu'on nous dit sans discernement.

C'est pourquoi il est crucial de s'aligner avec ce qui résonne dans notre cœur, car le cœur est notre meilleur guide. En écoutant cette voix intérieure, nous pouvons transcender les croyances limitantes et trouver notre propre vérité.

De plus, un point essentiel à comprendre est que la plupart de nos croyances ont pour dessein de nous apaiser, de nous réconforter. On pourrait argumenter qu'il n'y a pas de tort à chercher le réconfort, et c'est vrai. Cependant, cette recherche de réassurance cache souvent une peur que nous devrions examiner attentivement pour nous en libérer.

Ainsi, une croyance qui nous semblait juste hier peut se transformer en une prison demain, dès lors que nous n'avons plus besoin d'elle.

Des exemples concrets illustrent cela :
- J'aime croire en un ange gardien (car j'ai peur d'avancer seul).

L'expérience Méta-morph'Ose

- J'aime croire que ma prière me protège (parce que j'ai peur d'être vulnérable aux maux).
- J'aime croire tout ce que je lis sur les pages spirituelles (car ma propre vie me semble dépourvue de sens).
- J'aime croire que la véritable existence se trouve sur un autre plan (car je perçois la vie terrestre comme brutale).
- J'aime croire que je suis un enfant indigo (car cela donne un sens à mes expériences terrestres).

Souvent, nos croyances semblent être un concentré d'espoir qui nous aide à accepter notre réalité. Si nous ôtons toutes ces croyances, il ne reste que notre propre essence, ce qui peut susciter une certaine appréhension. Cependant, faisons attention à ne pas transformer nos croyances en une fuite.

Soyons prudents, gardons ce qui sonne juste et libérons-nous du reste.

Selon mon ressenti actuel, tout émane de nous-mêmes, nos propres créations constituent la seule réalité. Nous partons du néant, du vide, pour élaborer des croyances qui comblent ce vide.

Avancer avec sérénité nécessite de trouver un équilibre entre "croire pour voir" et "voir pour croire". Accepter tout ce qui nous est présenté sans vérification n'est pas sage, tout comme attendre de voir avant de croire nous laisserait dans un état perpétuel d'attente.

L'expérience Méta-morph'Ose

En somme, gardons uniquement ce qui résonne avec notre cœur, ce qui élève notre esprit et nous libère des chaînes des croyances limitantes.

L'univers appelle certaines personnes qui vivent avec un niveau de conscience bien plus élevé que les autres.
Cette élévation les rapproche toujours un peu plus de la source divine. Elles vivent ainsi avec un niveau de conscience important et utilisent la force énergétique qui les entoure.
Si pour beaucoup cette force est invisible, c'est pourtant une source inépuisable d'élévation pour d'autres.
Le Dalaï-lama parlait justement d'un lien évident entre physique quantique et spiritualité.
Pour lui, nous sommes tous nés d'anciennes poussières d'étoiles, constituant l'univers.
Nous sommes donc tous connectés, plus ou moins, à cette énergie invisible.
Vous avez peut-être déjà rencontré des personnes affichant un fort taux de connexion avec l'univers.
Très investies et optimistes, elles se donnent alors les moyens de réussir et d'assouvir leurs désirs.
En rapprochant leur philosophie de la spiritualité, ces individus évoluent d'une façon très connectée à l'univers.
Elles font alors tout pour lier leurs intentions à leur source de vie.
Il faut revenir à notre intériorité pour renforcer notre être intérieur et arriver à utiliser la connexion avec

L'expérience Méta-morph'Ose

l'univers, dont le principe est d'éveiller sa force divine, appelée Intuition.

Pour s'aligner avec l'Univers, il est nécessaire d'être en harmonie et en connexion avec l'esprit complet, avec l'esprit complet et intégral, avec l'esprit des possibilités infinies.

Quelle que soit votre origine, votre condition, votre sexe, la mécanique céleste vous fait suivre un chemin d'évolution totalement identique à tous.

Principes de Base

La loi du mentalisme
Cette loi indique que l'univers est une construction mentale. Rien que ça. Tout ce que nous voyons et expérimentons dans notre monde physique prend en effet son origine dans le domaine invisible, mental. Pourtant ce n'est pas parce qu'on ne le voit pas, que ça n'existe pas. Selon ce principe, le monde extérieur est la projection, la représentation de notre monde intérieur (nos croyances, ce que nous pensons voir, la façon dont nous filtrons les choses...). Cette réalité selon cette loi est donc une manifestation de l'esprit : nous ne voyons jamais les choses telles qu'elles sont réellement.

La loi de la correspondance
Elle indique : "Comme en haut, ainsi en bas ; comme en bas, ainsi en haut". C'est à dire que tout est lié : il n'y a pas de séparation entre les domaines physiques, mentaux et spirituels. Tout est un. Tout ce que nous voyons à l'extérieur de nous

L'expérience Méta-morph'Ose

est en réalité, le miroir de ce qu'il se passe à l'intérieur de nous.

La prochaine fois qu'une personne t'agace, demandes-toi : qu'est-ce que cela reflète en moi ? Quelle est cette part de moi-même que je vois chez l'autre, mais que je ne parviens peut-être pas à accepter chez moi ? Les personnes qui nous font réagir nous font effet miroir, elles font ressortir nos propres insécurités.

La loi de la vibration
"Rien ne repose, tout bouge, tout vibre". Cette loi nous dit que tout est énergie et tout vibre à des fréquences différentes. Les pensées, émotions sont aussi énergie. La joie étant par exemple "haute" tandis que le doute ou la peur sont plutôt à vibrations "basses". Cette loi rejoint la loi de l'attraction, elle nous dit aussi que plus nous vibrons "haut" plus nous attirons des personnes et des choses qui vibrent de la même façon.

La loi de la polarité
La quatrième des lois est celle de la polarité : "Tout est double". Il y a deux côtés à tout. Les choses qui apparaissent comme opposées ne sont en fait que deux extrêmes de la même chose à l'image du chaud et du froid (qui sont finalement des températures). L'un n'existe pas sans l'autre : la lumière à besoin de l'obscurité, le jour à besoin de la nuit, le Yin n'est pas sans le Yang...

La loi du ryhtme
La cinquième des sept lois universelles est celle du rythme. Toute chose évolue puis dégénère. Tout est

L'expérience Méta-morph'Ose

cyclique, comme les saisons de l'année ou notre propre nature. Pour trouver l'équilibre, il est nécessaire d'apprendre à vivre en rythme avec ce changement, ce mouvement permanent. Il s'agit de prendre conscience de l'impermanence des choses : développer sa capacité d'acceptation et de résilience.

La loi de la cause à effet
Tout a une cause et un effet. Pour faire plus simple cette loi nous rappelle que tout arrive pour une raison. Chaque action que nous faisons à des conséquences et produit des résultats spécifiques dans notre vie. Les choix que nous faisons sont des causes (conscientes ou inconscientes) et produiront des résultats ou des effets correspondants. Quand nous avons conscience de cette loi, nous pouvons redevenir créateurs de nos vies.
La loi du genre
La dernière des lois universelles est celle du genre : "le genre est dans tout, tout a ses principes masculins et féminins". Nous avons tous des énergies à la fois masculines et féminines, présentes en proportion différente. Accepter ces deux aspects c'est retrouver son équilibre, son entièreté et son unicité.

Les 4 éléments
En atteignant au maximum la lumière, notre esprit peut ainsi se relier pleinement à l'univers. Cette spiritualité est non palpable et relative à notre

L'expérience Méta-morph'Ose

propre façon de voir le monde, il s'agit en fait bien souvent d'une partie cachée de nous-même. Cette ouverture sur soi et sur les autres permet de s'aligner sur ses propres valeurs et de mieux se connaître également. Comme chaque individu est différent, chacun possède sa propre vision du monde et sa propre façon d'envisager la spiritualité également.

Les énergies positives sont bien présentes chez les personnes en connexion spirituelle avec l'univers. Elles jouent alors sur la loi de l'attraction pour expliquer l'apport de fortes vibrations. C'est en comprenant bien le fonctionnement de l'univers et celui du pouvoir de l'intention, qu'elles peuvent utiliser ces différentes forces et s'en servir ensuite vraiment. Ce qui leur arrive est bien loin d'un facteur de chance. Il s'agit en fait plus pour elles d'un résultat du pouvoir de l'intention.

Les personnes les plus connectées à leur environnement accordent une grande importance à leur propre personne, mais aussi aux autres. Elles se nourrissent ainsi de leurs échanges et ont conscience de la place de l'homme dans l'univers. De plus elles ne supportent pas les conflits, préférant envisager les liens comme une véritable unité spirituelle. Elles ont ainsi besoin des autres pour avancer. Et c'est aussi du côté de la nature qu'une personne connectée spirituellement avec l'univers parvient à se développer. D'une façon générale, la nature attire car c'est une façon de faire le lien étroit avec la source de vie, celle de la source divine.

L'expérience Méta-morph'Ose

Les difficultés ne sont pas une mauvaise passe pour ce type de personne qui préfère toujours positiver. Les difficultés, les échecs et les épreuves sont alors perçus comme une façon de mieux profiter des moments heureux. Ainsi, c'est en trouvant une force dans chaque difficulté que ce type de personnes parvient à avancer.

Voir le positif dans le négatif est ainsi une belle philosophie de vie, permettant alors d'avancer avec plus de force dans la vie.

En vivant avec un niveau d'énergie plus important que les autres, les personnes en connexion spirituelle avec l'univers développent une intuition très élevée. Elles sentent alors à l'intérieur d'elles-mêmes ce qui va se passer. Elles savent comment les choses vont tourner. En ressentant les éléments avant les autres, elles ne sont pas étonnées de la tournure de certains évènements. Elles se font confiance et développent ainsi de plus en plus leur intuition, les rapprochant toujours plus de la réalité.

Mauvais pressentiments
Souvent, les personnes confondent les mauvais pressentiments avec leurs peurs. Néanmoins, il est important de faire la différence. En effet, une peur ou une anxiété se manifestera par des tremblements, des transpirations ou des palpitations cardiaques. Cependant, un mauvais pressentiment se manifeste avec calme et sérénité bien que vous sentiez qu'il y a quelque chose de mauvais qui se passe.

L'expérience Méta-morph'Ose

C'est également le cas avec les personnes que vous rencontrez. Lorsque vous êtes connecté spirituellement avec l'univers, vous pouvez rapidement évaluer les intentions de chaque personne. Même s'il s'agit de quelqu'un d'agréable, vous avez le pressentiment qu'il n'est pas aussi gentil et que vous allez vous en rapprocher avec une certaine méfiance.

L'Univers vous donne ce que vous avez commandé et ne demande jamais rien en échange, au contraire il a besoin de gens connectés à Lui car ainsi les vibrations de la planète augmentent et ainsi la paix advient dans l'Univers. Plus les désirs sont satisfaits et moins on embête son voisin.

C'est logique. La haine et la guerre naissent des manques : toi, tu as ce que je n'ai pas donc je le veux et je te le pique. Plus vos désirs sont satisfaits et plus vous êtes forts et plus vous pouvez aider ceux qui ont besoin de vous. En aucun cas l'Univers ne vous demande quoi que ce soit en échange car Il est déjà l'abondance et n'a pas besoin que vous lui donniez autre chose que la bonne énergie qui vous vient de votre bien-être.

Voici comment commander :
"Cher Univers donne-moi ceci dans l'Intervalle espace temps-idéal. Merci Univers"

Attention : l'Univers n'intervient pas dans le libre arbitre des gens.
Mise en garde : quand vous commandez vous devez vous fixer toujours sur ce que vous

L'expérience Méta-morph'Ose

commandez et non sur la raison qui vous fait le commander.

Les 7 plans d'harmonisation de l'Être Humain

Il existe plusieurs sciences qui décrivent à leur manière quels sont les 7 plans d'existence de l'être humain. En fait, il y en a 12 mais seulement les six premiers nous sont accessibles dans le plan matériel pendant que le 7ème n'est qu'une porte ouverte vers le monde de l'invisible.

Dans la science des chakras, où chaque centre est décrit d'une manière assez documentée, il existe une autre interprétation donnée par une sagesse, dirons-nous, plus occidentale et qui se résume en 7 mots.

On peut considérer que chaque plan d'existence (ou chakras) est comme un étage appartenant à un immeuble avec terrasse au sommet.

Par une métaphore simple, je vais vous décrire ce qui se passe en réalité.

Chakra 1 – C'est le rez-de-chaussée et nous y trouvons ce que l'on trouve normalement à ce niveau : la porte d'entrée de l'immeuble mais aussi les portes de sortie avec le local technique (compteur électrique) et les poubelles. La survie matérielle de l'immeuble dépend de lui et sa symbolique serait l'argent.

Chakra 2 – C'est le 1er étage d'habitation. Nous y trouvons donc les premières familles. Elles auront un comportement assez « tribal » où la tradition reste très forte. Ils prennent l'escalier car cela va plus vite qu'attendre l'ascenseur, surtout s'il est occupé. C'est l'étage où la sexualité et la reproduction se déroulent dans le cadre familial. Sa symbolique est le sexe.

Chakra 3 – C'est le 2ème étage d'habitation où, après avoir réglé les problèmes d'intendance et de famille, on va chercher le pouvoir. Le pouvoir d'être ce que l'on veut être. C'est un étage où l'on fait beaucoup de bruit, où on s'affirme et où on cherche à dominer les 2 étages plus bas. Sa symbolique est le pouvoir.

Chakra 4 – C'est l'étage où l'on va chercher à être reconnu pour ses valeurs humaines. A ce niveau, on est plus proche du ciel (de la terrasse) que les 3 autres. On a du cœur, de la bonté, une forme de bienveillance envers autrui et on aspire à la paix car les voisins du dessous font beaucoup de bruit. Sa symbolique est l'amour.

Chakra 5 – C'est l'avant-dernier étage et, devant la paix des voisins du dessus et du dessous, on apprécie de parler, de dire des choses qui, si possible, feront du bien aux gens. On est bienveillant mais pousser une gueulante s'envisage quelquefois. Sa symbolique est le verbe.

Chakra 6 – C'est le dernier étage, là où s'arrête l'ascenseur. Il permet d'avoir de la hauteur et du recul par rapport aux voisins des étages inférieurs. Il n'y a pas de voisins au-dessus mais seulement une terrasse où des anges du ciel viennent bavarder. Alors, quelquefois, on entend les conversations. Sa symbolique est l'intuition.

L'expérience Méta-morph'Ose

Chakra 7 – C'est la terrasse. Il n'y a pas d'accès direct mais seulement une espèce d'escalier basculant accroché au plafond dans l'escalier de service. Pouvoir y accéder est un privilège, mais cela peut tourner à la catastrophe car il n'y a pas de grilles de sécurité et le vertige est vite venu !
les trois premiers chakras correspondent au plan matériel « solide » (de l'entrejambe au diaphragme).
On y trouve donc tout ce qui touche à la reproduction, la digestion et l'énergie nourrissant le corps.
En bref, tout ce qui touche le lourd, la matière.
Alors, imaginez un peu, quand vous prenez la symbolique de ces 3 niveaux on obtient l'argent, le sexe et le pouvoir.
Puis les 2 autres étages, les chakras 4 et 5, ils appartiennent à l'élément air car dans la cage thoracique. Le cœur vous fournit l'émotion, d'où la relation directe entre les blocages émotionnels et la capacité respiratoire.
Le 6ème chakra ne peut véritablement bien fonctionner que lorsque les voisins du dessous font bien leur travail.
En ce sens, si un individu s'alimente correctement, possède une sexualité épanouie, un ego équilibré, des émotions positives, une ample respiration, alors son cerveau donnera sa pleine puissance.

Chakra 1 – Il est celui qui reçoit la force de la Terre. Cette énergie est puissante comme un volcan mais aussi chargée des impuretés régnant à sa surface.

L'expérience Méta-morph'Ose

C'est une énergie masculine, donc électrique, qui ne fait pas dans la dentelle et qui possède une puissance réelle mais matériellement destructrice. Son maître-mot est Force.

Chakra 2 – Le second chakra va donc s'efforcer de purifier cette énergie qui lie et délie la matière. Son aspect féminin, donc magnétique, va chercher à assembler la matière selon une forme, une maquette correspondant à sa forme de vie. Dans notre cas, c'est l'endroit où s'assemble le fœtus. Son maître-mot est Pureté.

Chakra 3 – Après la purification de la matière va venir l'équilibre entre les deux différents pôles énergétiques inclus dans cette matière. Centre de l'ego, il est aussi le centre de jugement, et donc de justice. C'est pourquoi il est aussi le centre du pouvoir. D'énergie masculine, là aussi il ne fait pas dans la dentelle car il coupe, tronçonne, sépare. Son maître-mot est Justice.

Chakra 4 – Pour arrondir les angles, les énergies féminines apportent leur douceur, leur cœur afin de rendre beau ce qui est tranchant et anguleux. Elles apportent la forme, l'harmonie. Son maître-mot est Beauté.

Chakra 5 – Emprunt d'une œuvre d'art achevée matériellement, l'énergie masculine va vouloir lui donner une utilité divine. Ce contenant devra devenir un instrument au service de l'intelligence universelle et qui respectera si possible les lois cosmiques. Son maître-mot est la Sagesse.

Chakra 6 – L'énergie féminine de ce chakra essaiera alors, à son tour, de parfaire cette dernière

L'expérience Méta-morph'Ose

œuvre en lui donnant l'harmonie dans son expression, dans son mouvement dans la matière. Son maître-mot est la Grâce.

Les différents corps
Notre corps physique correspond au corps n°1 puisque, sans lui, rien ne peut se faire. C'est le réceptacle lui-même ! En d'autres mots, c'est la carcasse, le châssis et c'est pourquoi il correspond au squelette et aux muscles-tendons. Son règne d'appartenance est celui du monde minéral.
Le 2ème corps est celui que j'appelle le corps énergétique. Il correspond au système digestif et appartient au règne végétal. [Corps éthérique].
Le 3ème corps est le corps émotionnel [corps astral]. Il correspond aux mouvements d'énergies émotionnelles dans notre corps physique. Son équivalent physique est le système sanguin (cœur, veine, foie, reins) et appartient au règne animal.
Le 4ème corps est le corps mental. Il correspond au système nerveux et au cerveau. Il appartient au règne des humains, et donc de l'ego. C'est, entre autres, pourquoi l'homme se sent si supérieur au reste de la création !
Le 5ème corps est le corps spirituel [corps causal]. Il correspond aux glandes réparties au niveau de chaque chakra. C'est lui qui régule la chimie du corps. Il appartient au règne du petit Soi.
Le 6ème corps est le corps de l'âme proprement dit [corps bouddhique]. Il anime le mouvement cardiaque et appartient au règne des anges. C'est le centre de la joie et de l'amour universel.

L'expérience Méta-morph'Ose

Le 7ème corps est celui du corps de lumière [corps atmique]. Il correspond au système respiratoire et au grand SOI. Il appartient au règne des esprits. C'est le centre de la paix et du respect de la différence.

Il va donc y avoir pour chaque corps 3 phases de mise en place. La 1ère phase est celle de l'acquisition (je découvre), la seconde phase est celle de l'action (j'intègre) et la 3ème phase est celle du contrôle (je maîtrise).

Être en connexion avec l'univers
Il existe de nombreuses façons d'être en connexion avec l'univers, et chacun peut trouver la méthode qui lui convient le mieux. Voici quelques suggestions:

- La méditation : La méditation est un moyen efficace pour se connecter à l'univers. La pratique régulière de la méditation peut aider à calmer l'esprit et à se sentir plus en harmonie avec l'univers.
- Être en contact avec la nature : Passer du temps en contact avec la nature peut aider à se connecter avec l'univers. Marcher dans la nature, contempler le ciel étoilé, ou observer un coucher de soleil peut aider à se sentir en harmonie avec l'univers.
- Pratiquer la gratitude : Être reconnaissant pour ce que l'on a dans la vie peut aider à se connecter avec l'univers. Prenez le temps chaque jour pour exprimer votre

L'expérience Méta-morph'Ose

gratitude pour les choses qui vous entourent.
- Écouter votre intuition : Apprendre à écouter votre intuition peut aider à vous connecter avec l'univers. Apprenez à faire confiance à vos instincts et à suivre les signes que l'univers vous envoie.
- Pratiquer l'amour inconditionnel : Lorsque vous pratiquez l'amour inconditionnel envers vous-même et les autres, vous vous ouvrez à l'énergie de l'univers et vous vous connectez plus profondément à cette énergie.
- Pratiquer la visualisation : La visualisation est un moyen puissant pour se connecter avec l'univers. Visualiser vos objectifs et vos rêves peut vous aider à manifester ces désirs dans votre vie.
- En pratiquant ces techniques, vous pourrez vous sentir plus connecté à l'univers et à l'énergie qui vous entoure.

Trouver sa place dans le monde peut être un processus complexe et personnel, mais voici quelques conseils qui peuvent aider :
- Identifiez vos passions et vos talents : Prenez le temps d'explorer vos passions et vos talents. Qu'est-ce qui vous rend heureux ? Dans quoi êtes-vous doué ? Identifiez les domaines qui vous intéressent

L'expérience Méta-morph'Ose

le plus et les compétences que vous avez acquises.

- Trouvez votre but : Déterminez ce que vous voulez accomplir dans la vie. Quel est votre objectif ultime ? Qu'est-ce qui vous donne un sens à votre vie ? Trouvez votre but et poursuivez-le avec détermination.
- Explorez de nouvelles choses : Essayez de nouvelles activités ou de nouvelles expériences pour élargir vos horizons. Sortez de votre zone de confort et découvrez des choses qui vous intéressent ou que vous n'avez jamais essayées auparavant.
- Apprenez de vos erreurs : Ne soyez pas trop dur avec vous-même lorsque vous faites des erreurs ou que vous échouez. Utilisez ces expériences comme une occasion d'apprendre et de grandir, et utilisez-les pour vous guider dans votre parcours.
- Trouvez des personnes inspirantes : Entourez-vous de personnes inspirantes qui partagent vos passions et vos objectifs. Cherchez des mentors ou des modèles qui peuvent vous guider et vous inspirer.
- Soyez authentique : Restez fidèle à vous-même et ne vous comparez pas aux autres. Vous êtes unique et vous avez des talents et des qualités qui vous rendent spécial. Soyez authentique et suivez votre propre chemin.

L'expérience Méta-morph'Ose

En fin de compte, trouver sa place dans le monde est un voyage personnel qui peut prendre du temps.
Soyez patient, restez concentré sur vos objectifs et ne perdez pas de vue ce qui est important pour vous.

Les énergies subtiles sont des énergies qui ne sont pas perceptibles par nos sens physiques, mais qui sont existantes.
Voici quelques principes clés des énergies subtiles :

- Tout est énergie : Selon la physique quantique, tout dans l'univers est constitué d'énergie. Les énergies subtiles sont considérées comme faisant partie de cette énergie universelle.
- L'énergie circule : Les énergies subtiles circulent dans notre corps et dans notre environnement. Ces énergies peuvent être affectées par nos pensées, nos émotions et notre environnement, et peuvent influencer notre bien-être physique, émotionnel et spirituel.
- Équilibre énergétique : La pratique de l'équilibrage énergétique vise à harmoniser les énergies subtiles du corps pour améliorer la santé et le bien-être. Cela peut inclure des techniques telles que la méditation, le reiki, la thérapie énergétique et d'autres pratiques similaires.

L'expérience Méta-morph'Ose

- Chakras : Les chakras sont des centres d'énergie dans notre corps qui sont liés à différents aspects de notre bien-être physique, émotionnel et spirituel. Le travail sur les chakras peut aider à équilibrer les énergies subtiles du corps.
- Énergie universelle : Les énergies subtiles sont souvent considérées comme faisant partie d'une énergie universelle qui imprègne tout dans l'univers. Certains pratiquants peuvent chercher à se connecter à cette énergie pour améliorer leur bien-être et leur spiritualité.

La compréhension des principes des énergies subtiles peut être un outil utile pour améliorer le bien-être physique, émotionnel et spirituel.

Je tiens à souligner que manipuler les énergies subtiles doit être effectué avec prudence et responsabilité, et devrait être réservé aux professionnels de la guérison énergétique qui ont reçu une formation appropriée.

Les techniques de manipulation des énergies subtiles peuvent être utilisées à des fins thérapeutiques pour aider à équilibrer les énergies du corps, mais elles peuvent également être potentiellement dangereuses si elles sont mal utilisées ou manipulées par des personnes inexpérimentées.

Voici quelques méthodes courantes de manipulation des énergies subtiles :

L'expérience Méta-morph'Ose

- Le Reiki : Le Reiki est une méthode de guérison énergétique qui vise à transmettre l'énergie universelle à travers les mains du praticien pour aider à équilibrer les énergies du corps.
- Les cristaux : Les cristaux sont souvent utilisés pour leur capacité à équilibrer les énergies subtiles du corps. En portant ou en plaçant des cristaux sur les chakras, il est possible de renforcer leur pouvoir de guérison.
- Le Qi Gong : Le Qi Gong est une pratique ancienne de guérison énergétique qui utilise des mouvements et des exercices de respiration pour aider à équilibrer les énergies subtiles du corps.
- La thérapie énergétique : La thérapie énergétique utilise différentes techniques pour aider à libérer les blocages d'énergie dans le corps et à rétablir l'équilibre des énergies subtiles. Les techniques peuvent inclure l'acupuncture, le massage des points de pression et d'autres méthodes similaires.
- Les protocoles d'activation des énergies subtiles

Il est important de se rappeler que les énergies subtiles sont une pratique spirituelle et de guérison qui ne doit pas remplacer les traitements médicaux conventionnels.

Si vous envisagez de manipuler les énergies subtiles pour des raisons thérapeutiques, il est

L'expérience Méta-morph'Ose

important de consulter un praticien qualifié pour évaluer votre potentiel et vos possibilités.

Comment aider à changer le monde
Le monde d'aujourd'hui n'est certainement pas un paradis. La faim, la violence, la pauvreté, la pollution et autres dangers sont bien trop courants. Nous savons bien que le monde n'a jamais été et ne sera probablement jamais parfait, mais ce n'est pas une excuse pour ne pas essayer de le rendre meilleur.

La réalité serait meilleure si chacun d'entre nous entreprenait des actions pour changer le monde, pour nourrir plutôt que se nourrir.
Les paradis sur terre existent et, en plus, en tant qu'êtres humains, avec notre imagination et notre intelligence nous avons la possibilité de les créer.

Ne vous plaignez pas
Clarifions les choses : ne pas se plaindre ne signifie pas que vous devez vous contenir lorsque quelque chose vous dérange ou que vous n'avez pas le droit d'exprimer votre désaccord. Ce qu'il se passe très souvent est que, sans vous en rendre compte, vous finissez par devenir un critique stérile de la réalité. Cela ne tourmente pas seulement les personnes qui vous entourent, cela mine également votre moral.
Voir le côté négatif de toute chose est une tendance très répandue. Si vous souhaitez entreprendre des actions pour changer le monde,

L'expérience Méta-morph'Ose

ne permettez pas cela. Lorsque quelque chose vous dérange, tentez de l'aborder depuis une autre perspective. Que pouvez-vous faire pour que la situation soit différente ? Si vous ne pouvez pas changer cette situation de manière immédiate, demandez-vous ce que peut vous apporter le fait de tolérer cette situation.

Prenez l'initiative de changer le monde

La plupart des problèmes du monde sont dus au fait que personne ne veut prendre l'initiative. L'idée n'est pas d'être les premiers à changer le système politique ou économique mais plutôt à ne pas laisser passer toutes ces occasions où nous pouvons générer un changement dans des situations de la vie de tous les jours.

Tout le monde manque de solidarité dans la rue ? Eh bien, prenez l'initiative d'agir d'une manière différente. Personne n'est aimable ? Vous avez l'opportunité d'être le premier à encourager le changement. N'attendez pas des autres qu'ils fassent ce qu'ils doivent faire : cela commence par vous-mêmes.

Comment donner du sens à sa vie ?
- Vivre en alignement avec ses rêves.
- Ne jamais cesser d'apprendre.
- Faire preuve de générosité et d'altruisme.
- S'engager pour une cause.
- Donner de l'amour.
- Transmettre ses connaissances et ses valeurs.
- Voyager et ouvrir son esprit.

L'expérience Méta-morph'Ose

Au-delà des connotations religieuses et spirituelles, le but d'une vie est simplement le message de votre vie.
C'est le message que vous souhaitez apporter au monde durant votre existence sur terre (et peut-être au-delà).

Avoir un but s'applique à nous tous, que nous soyons religieux, agnostique, ou même athée.
Certains veulent marquer l'histoire, d'autres s'engagent pour la société : donner du sens à sa vie est un but pour de nombreuses personnes, même si rares sont celles qui ont la même définition.

Lorsque quelque chose est important à nos yeux, nous nous sentons motivés et prêts à avancer. Une vie dans laquelle nous trouvons du sens est une source de motivation. Au contraire, lorsque nous croyons que notre vie n'a aucun sens, nous avons tendance à nous sentir déprimés et démotivés.
Il n'y a pas de formule magique pour apporter du sens à sa vie, mais il est tout à fait possible d'y parvenir.
Vous devrez pour cela être prêt à investir le temps et l'énergie nécessaires.

Principes de Base
Changer sa façon de voir la vie
Établissez votre objectif. En ayant le sentiment que votre vie vous mène quelque part, que vous avez

L'expérience Méta-morph'Ose

un impact sur le monde et que vous faites du mieux que vous le pouvez, en fonction de votre temps et de vos capacités, vous apporterez du sens à votre vie. Vous pourriez pour cela vous essayer à différentes disciplines.

Déterminez ce qui est important pour vous. Nous avons tous des priorités différentes. Pour vivre une vie pleine de sens, il est essentiel que vous déterminiez ce qui est important pour vous.

Notez les raisons pour lesquelles vous voulez apporter du sens à votre vie. Pourquoi pensez-vous devoir donner du sens à votre vie ? Avez-vous vécu un évènement en particulier ? Peut-être avez-vous l'impression de stagner. Quelle que soit la situation, notez les raisons pour lesquelles vous voulez apporter du changement à votre vie. Vous pourriez les mettre par écrit sur papier ou sur votre ordinateur. Cela vous aidera à mieux comprendre pourquoi cette démarche est importante pour vous et à mieux organiser vos pensées.

Fixez-vous un but. Pensez à quelque chose que vous avez toujours voulu faire.

Peut-être aimeriez-vous vous mettre à la course à pied ou voudriez-vous écrire un roman ? Quel que soit votre objectif, en prenant la décision de vous y atteler, vous donnerez du sens à votre vie.

Changez votre façon de percevoir votre carrière.
Si vous avez un emploi dans lequel vous ne trouvez pas de sens, faites-le tout de même du mieux que vous le puissiez. Cela vous aidera largement à trouver un sens à votre carrière, car

L'expérience Méta-morph'Ose

vous vous mettrez chaque jour au travail avec un objectif en tête.

Prenez conscience de ce pour quoi vous êtes reconnaissant dans la vie.

Cela peut paraitre bien anodin, mais en prenant le temps de mettre par écrit ou au moins de remarquer, les choses pour lesquelles vous êtes reconnaissant, vous pourriez trouver que votre vie n'est en fait pas si vide de sens

Développez des relations fortes. Cela pourrait concerner vos amis et votre famille, mais également de nouvelles personnes. Dans un cas comme dans l'autre, prenez le temps de développer des relations avec les autres.

Cela apportera du sens à votre vie, car ces liens seront profonds et vous aideront à vous sentir entouré et aimé

Travaillez sur les problèmes de vos relations actuelles. Parfois, avoir des relations étroites avec d'autres gens peut demander beaucoup d'efforts. Ces relations peuvent être difficiles, pour de nombreuses raisons différentes. L'une de ces raisons est que vos proches vous inciteront souvent à vous ouvrir à eux et à repenser vos croyances.

Faites preuve de compassion. Parfois, cela est simple, mais bien souvent, il s'agit d'un véritable défi. Lorsque vous voyez quelqu'un souffrir ou faire quelque chose qui vous énerve, essayez de vous

L'expérience Méta-morph'Ose

mettre à sa place. Pensez à ce que vous ressentiriez ou à la façon dont vous réagiriez si vous étiez dans cette même situation. Cela vous encouragera à agir, que ce soit en aidant la personne en souffrance ou en étant compréhensif envers la personne dont le comportement vous énerve.

Soyez courageux. Réfléchir à ses habitudes quotidiennes peut faire peur. Vous devrez être honnête avec vous-même quant à la façon dont vous vivez votre vie.
Pour donner du sens à votre existence, vous pourriez devoir y apporter de gros changements.

Ce sera un processus sans fin, qui se poursuivra tout au long de votre vie.
Avec Amour,

L'expérience Méta-morph'Ose

Sortir du rang et se libérer fait référence à la volonté de s'affranchir des normes, des attentes et des contraintes sociales pour trouver sa propre voie et vivre selon ses propres valeurs et aspirations.

L'expérience Méta-morph'Ose

Cela implique souvent un désir de se libérer des pressions de la société, des schémas conditionnés et des conventions sociales qui peuvent limiter notre potentiel et notre épanouissement.

Notre programme Méta-morph'Ose est conçu pour vous aider à retrouver l'harmonie entre votre corps, votre esprit et votre âme.

Nous vous guiderons tout au long d'un voyage de transformation, en vous fournissant des outils, des connaissances et un soutien pour atteindre un état de bien-être optimal.

Rejoignez-nous pour un week-end d'application :

www.berceaudepan.be

Printed in France by Amazon
Brétigny-sur-Orge, FR